魯　迅
（1933年, 上海にて）

魯　迅

●人と思想

林田愼之助　監修
小山　三郎　著

195

CenturyBooks　清水書院

まえがき

中国近代文学の父といわれる魯迅は、日本でいえば夏目漱石にあたる。社会主義国家をめざした中国では、毛沢東によって、魯迅は革命文学者として神棚に祀り上げられる存在となった。その傾向は日本の魯迅研究者のなかにもあり、マルクス主義の文学的旗手として魯迅を評価するむきもあった。

本来の魯迅は、そんな物差しではかれるような文学的存在ではなかった。確かに魯迅は、当時あえぎ苦しんでいた中国の民衆の側に立って、権力主義、権威主義に抵抗したという意味では、革命的な文学者であった。それでも魯迅は中国民族の内部にとぐろまく精神的な暗部を照射する小説やエッセイを書くことをゆるがせにはしなかった。「暴君治下の臣民は、たいてい暴君よりもさらに暴虐である」と語っているように、不当な暴力が人の頭に振るわれていても、他人事としてそれを見過ごし、自分のものとしてとらえることができない阿Q的な精神構造から、魯迅は目をそらすことはなかった。

かく中国民族の暗部を照射した魯迅は、いっぽうでは古典文学の研究者として『中国小説史略』を書き、さらには魏晋時代の文人たちの言動をとおして、かれが当面していた一九二〇年代の政治的思想的状況を風刺し、批判する講演をおこなっている。死の直前まで書きつづられた『魯迅日記』も、魯迅の生活者としての経済状態、文学者としての人間関係を知るうえで貴重な資料を提供している。晩年、ドイツの版画家ケーテ・コルヴィッツの作品に刺激を受けた魯迅は、上海において社会的関心の強い近代的な版画作家たちの育成に努めた。こうした複雑で多面的な文学者魯迅の実像をできるだけ伝えようとしたのが本書の狙いである。

なお、本書の構成および文章はすべて小山三郎の作になるもので、林田はそれを監修したにすぎない。

林田　愼之助

二〇一七年九月初旬　識

目次

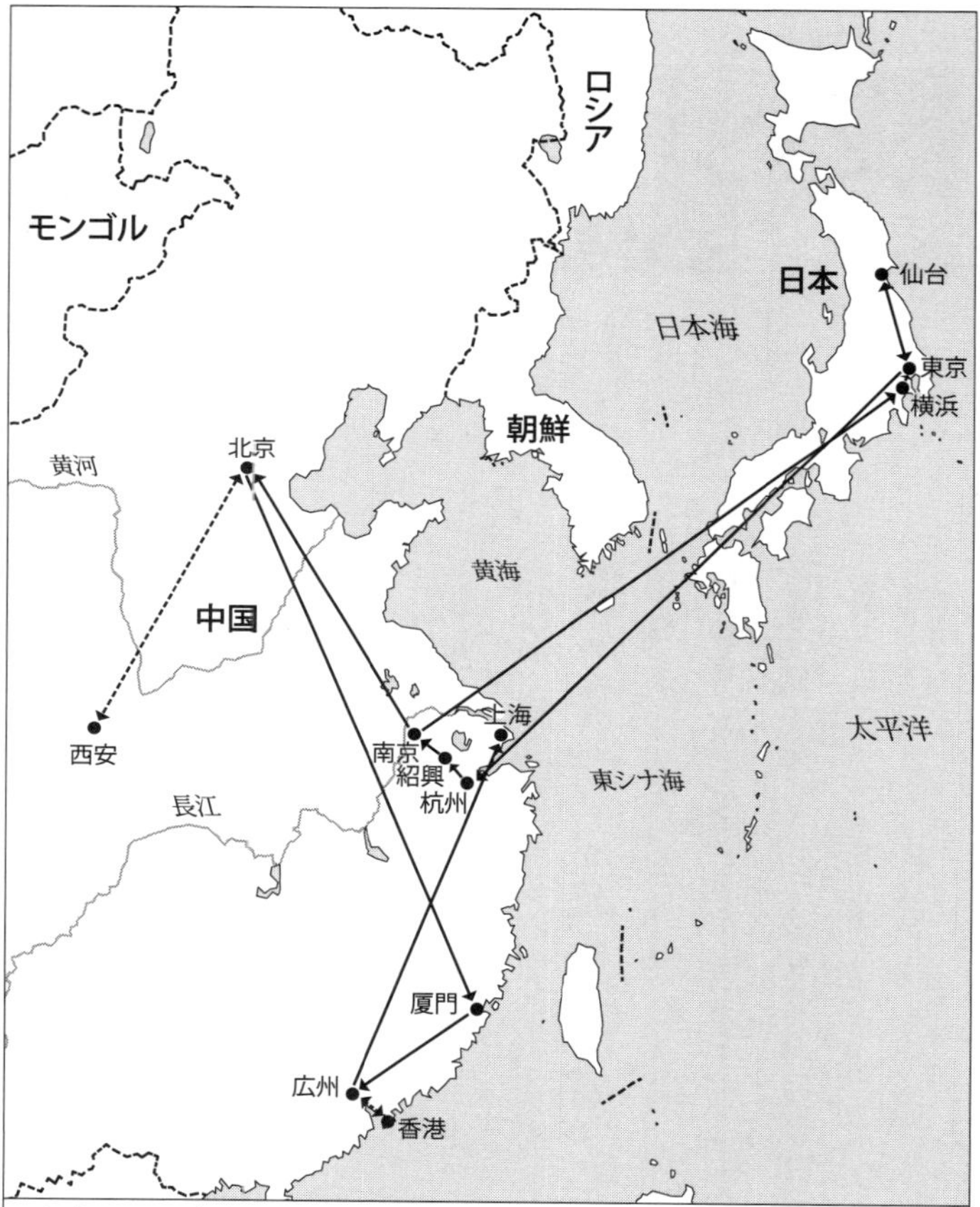

紹興《シャオシン》 → 南京《ナンキン》 1898 5 → 横浜 1902.4 → 東京 → 仙台 1904.9 → 東京 1906.3 →
杭州《ハンチョウ》 1909.8 → 紹興 1910 7 → 南京 1912.2 → 北京 1912.5 ⇢ 西安《シーアン》（夏期学校,1924.7～同8） ⇢ 北京 →
厦門《アモイ》 1926.9 → 広州《コワンチョウ》 1927 1 ⇢ 香港《ホンコン》（講演,1927.2.18,19） ⇢ 広州 → 上海《シャンハイ》 1927.10～36.10.19

魯迅の足跡地図

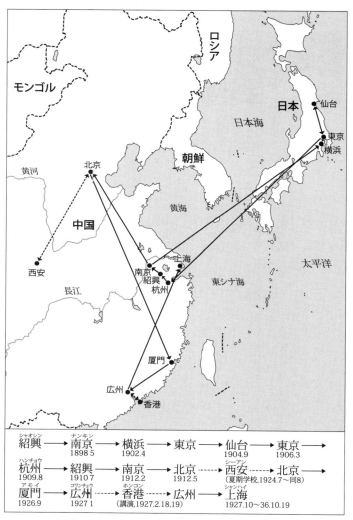

第一章　魯迅――作家までの道のり

1　医学生周樹人から作家魯迅へ

魯迅《ろじん》は、本名を周樹人《しゅうじゅじん》という。魯迅という名は、数あるペンネームのなかの一つにすぎないが、すでに中国近代文学の創始者の名前として定着している。

魯迅の故郷・紹興

魯迅は、一八八一年九月二十五日（光緒《こうしょ》七年八月三日）に生まれ、一九三六年十月十九日に上海で亡くなっている。生まれたのは、浙江省紹興《せっこうしょうしょうこう》城内東昌坊口の周家である。魯迅の生まれ故郷を、作家の小田嶽夫はつぎのように描写している。

紹興と言えば、我が国人にも春秋戦国の時代の越の都として、又紹興酒（老酒《ラオチュウ》）の産地としてその名を知っている人も少なくないであろう。筆者は二十余年前杭州に在住当時この地に遊んだことがあり、今は記憶も定かでないが、さすがは酒の産地だけあり町の外を流れている河の水が自分の狭い経験内のことではあるが中国の河川としては珍しく清冽《せいれつ》に、青々と澄み透ってい、故国へ帰った思いに頗《すこぶ》る眼を楽しまされた思い出を持っている。人口は十万ぐらい、街を掘割の縦横に流れた古めかしい静かな町である。その郊外程遠くないところに、駘蕩《たいとう》とした田園の眺めを劃《かく》して会稽山《かいけいざん》がぽつんと一つ孤立してかなり険しい形で切り立っている（『魯迅の生涯』鎌倉文庫版、昭和二十四年）。

この風景は、著者が杭州に外務省の書記生として滞在していた一九二〇年代中頃のものであろうが、魯迅が作品で描く幼年期の紹興の風景を思い浮かべる助けとなろう。

現在の紹興の街並み

魯迅は、作家としての地位を中国近代文学のなかで確立した人物であるが、中国小説史を独自の視点で研究した文学史家であり、海外文学の翻訳紹介を生涯の仕事とし、近代的な木版画の技術を導入し、その普及に貢献をした人物でもある。

甘美な思い出と残酷な社会

かれは生涯において以下の足跡を残している。青年期の魯迅は、故郷の紹興から南京へ、そして官費留学生として二十世紀初頭の日本に渡り、仙台医学専門学校に在籍した。その学校を二年で中退し、東京で文学運動を起こしたが失敗。その後かれは帰国し、郷里で教職についた時期に辛亥《しんがい》革命を経験し、のちに郷里の先輩である中華民国臨時政府教育部総長蔡元培《さいげんばい》の推薦で中華民国臨時政府教育部に奉職し、政府の移転により南京から北京に移る。中年期に入ると役人生活を辞した後、厦門《アモイ》大学、広州の中山大学で教職に就いていた。最終的に居を構えたのは、上海であり、その地で専業作家として生涯を終えた。

日本には、一九〇二年の二十代に留学し、帰国後北京での生活は、一九一二年の三十代から、上海の生活は二七年の四十代後半から、そして五十六歳で肺病で亡くなった。日中間の戦争は、魯迅死去の翌年三七年に全面戦争に拡大していた。

作家としての最初の活動は、日本留学期に認めることができるが、やはりその出発点は、「狂人日記」を発表した一九一〇年代半ばの新文化運動の時期と考えるべきであろう。魯迅の作家としての成熟期が第一創作集『吶喊《とっかん》』と第二創作集『彷徨《ほうこう》』を著した一九二〇年代前半からの時期であったからである。

しかし魯迅の作家としての活躍は、すでに一九三〇年代に入ると認めることができない。上海時代のかれは、革命の道具としての革命文学を振りかざす作家を批判する革命作家としてあり続けた。したがって、魯迅の小説を語る場合は、かれが北京から上海にたどり着くまでの時期になる。それ以後の上海時代は、主に「雑文」という自由な形式による社会批評をおこない、中国共産党の組織した左翼作家連盟の盟主として、また近代的な文学のあり方をめぐり生じた数多くの論争の渦中にいた。

さて魯迅の小説を語る場合、かれの内面に消し去ることのできない記憶があることに注意を向けなければならない。それは、幼い頃に体験した故郷紹興の風景と子どもたち同士が交流した甘美な思い出である。一方で科挙《かきょ》（歴代王朝で続けられた官吏登用試験制度）の不正に絡む事件で祖父が投獄され、父も病死することで家の没落を経験し、その体験によって知った残酷な社会の姿であった。

魯迅は、のちに第一創作集『吶喊』の「村芝居」のなかで幼年期を懐かしむとともに、同じく「自序」のなかで辛い幼年期を振り返っている。「村芝居」では、夜中に子どもたち同士で船に乗り隣村の芝居を見に行ったありさまを抒情豊かに描写している。

やがて松林もはるか後方に去った。船脚《ふなあし》も遅くはない。周囲の闇は濃くなるばかりで、もう夜もふけたことが知れた。みんなは役者について悪口を言ったり、笑ったり、あれこれ言い合いながらますます船こぎに力を入れた。船首の水を切る音はいっそう高らかに鳴り、船は、大きな白魚が子どもたちを背負って波頭を縫って行くようだった。夜なべの漁をしている年寄りの漁夫たちも、舟を停めて眼を向け喝采してくれた。

紹興魯迅故居

この描写は、隣村で上演された芝居を見てからの帰路の光景である。腹をすかせていた子どもたちが船を停めて、岸の畑で盗んで食べたそら豆を「そう、あれから今まで、私はあの晩のような、うまい豆は二度と食べたことがない。――そしてまた、あの晩のようなすばらしい芝居は二度とみたことがない」と結んでいる。一方で『吶喊』の「自序」では、魯迅一家の没落した生活をつぎのように語っている。

私は四年あまりのあいだ、しばしば――ほとんど毎日、質屋と薬屋に出入りした。年がいくつだったかは忘れてしまったが、とにかく、薬屋の帳場はちょうど私の背の高さ、質屋のは背の二倍あった。私は二倍の高さの帳場のこちら側から着物や装飾品を差し出して、侮蔑《ぶべつ》のなかで金を受けとり、それから背の高さの帳場へ行って、長《なが》患《わずら》いの父のために薬を買った……。

まずまずの暮らしから貧窮に陥った人なら、その過程で、たぶん世間の人の本性を見ることになるだろうと、私は思う。

かれの内面に消し去ることのできなかったこれらの記憶は、やがてかれの中国社会を告発する題材となってその時々の作品や雑感文となって表現されていく。

辛い体験――結婚

魯迅の辛い体験の一つは、かれの結婚にあった。魯迅の伝記『魯迅　我可以愛』（四川文芸出版社、一九九五年）を書いた伝記作家馬蹄疾《マテイジイ》は、魯迅が母親から押し付けられ拒絶することのできない朱安《チュアン》との結婚の前に、琴《チン》という名の母方の弟の寄湘《チーシアン》の四人の子どもの長女の存在を掘り起こしている。当時紹興では、男が九歳、女が十三歳で結婚できたという。

馬蹄疾によると、一八九八年に魯迅が南京に行き江南水師学堂に入学する前に十六歳の琴の存在が母親の目にとまっていた。しかし、紹興では羊の干支《えと》の女を結婚相手とすることを忌み嫌う古くからの慣習があり、琴が羊年であることを理由に二人は結婚に至らなかったという。琴は小さい時から教育を受けた女性であり、魯迅との結婚の話が途絶えた後に父母の命ずるままに結婚し、若くして病気で亡くなっている。琴は、死の直前、魯迅と結婚できなかったことを悔やんでいたという。

その後、魯迅の母親は、祖父周福清《チョウフウチン》の従兄弟である周玉田《チョウユウテイイエン》の夫人から、親戚筋に朱安《チュアン》という女性がいることを聞き、関心をもつことになった。魯迅は、南京から帰省するたびに気乗りのしない朱安との結婚を拒絶していたが、日本留学前の一九〇二年春には、結婚の日時の取り決めの段階まできていた。魯迅は、このような問題を抱えながら三月二十九日、日本郵船株式会社神戸丸に乗り、日本留学の途についた。

母親からの再三の要求を青年魯迅は、一貫して無視し続けた。一九〇四年に仙台医学専門学校を退学し、東京にいたかれのある噂が故郷の母親に伝えられた。その噂は、魯迅に日本人の妻と子どもがいるというものであった。真相は、一九〇六年の春、かれが神田で散歩をしている時、三人の幼子をつれた婦人が道を渡るのを手助けしていたところを、留学生仲間に目撃され、噂が流れたものらしい。

この噂を聞いた母親は、急遽、魯迅に自分が病気であるという偽りの電報を打った。魯迅が紹興に戻った時には、すでに結婚式の準備がなされていた。

相手の朱安は、すでに三十歳近くになっていた。

魯迅は母親の勧めを断り切れずに、紹興で旧式な結婚式を挙げたが、その四日後には弟の周作《しゅうさく》人《じん》とともに日本に戻っている。

この不幸な結婚でその後魯迅は、人生に大きな負い目を背負うことになる。後のことだが魯迅は、一九二五年四月十一日にかれの学生であった趙其文《チャオチーウェン》宛の書簡でつぎのような心情を語っている。

わたしは時に冒険や破壊をしたくてほとんどたまらなくなりますが、わたしには母がおり、まだわたしを愛し、わたしが平安であれかしと願っています。彼女の愛に感激するゆえに自分のしたいようにはできず、北京で口を糊するばかりの生計を求めて灰色の生涯を送るしかありません（「趙其文宛書簡」）。

魯迅のこの心情は、かれの作品「孤独者」（『彷徨』所収一九二五年十月）のなかにも投影されている。趙其文宛の書簡と同じ年に書かれたこの作品は、両親から見捨てられ、祖母によって育てられた主人公が祖母の葬儀のために故郷に戻ってきたところから始まる。かれを奇人と見なしてきた故郷の人々は、かれがその土地の古くからのしきたりを拒絶するものと警戒するが、かれはそうした要求に「みんな結構です」と返事をし、言われたままに葬儀をとりおこなう。

魯迅は、その主人公のことを「家庭は破壊せねばならぬというのが持論のくせに、給料を受け取るとすぐ祖母に送金して、一日もおくれたことがない」と語り、そして葬儀が終了した時、かれは突如慟哭《どうこく》し、「手傷を負った狼が、深夜の広野に吼えるように、痛苦のうちに憤りと悲しみのまじった声だった」と描く。

四千年来の帳簿

魯迅が十三歳の時、祖父の科挙不正入学に絡む事件が発生し祖父は入獄した。父はかれが十五歳の時に発病し翌年、亡くなっている。祖父の刑を軽減するためには毎年、多額の賄賂《わいろ》を必要とし、そのために家産は傾くことになった。この周家の窮状がもたらした体験を魯迅は、弟作人に贈った旧体詩のなかに竈《かまど》の神を送るにも供物《くもつ》はみな着物を質入れしてととのえ、「家中無長物　豈独少黄羊（わが家に余裕はさらさらなく、黄羊がないどころか何もない）」と詠んでいるのである（「庚子《こうし》竈を送る即事」）。黄羊とは、庚子《こうし》の年末に竈の神を祭る品のことである。

およそ二十年後の魯迅の書簡からは、周家のそのような困難に直面していた母親を裏切ることができず、従順に結婚を受け入れていた心の動きが理解できる。

一九一〇年代中頃の新文化運動期になると、魯迅の愛情のない結婚をめぐる心境は、「随感録四十」のなかにより強く表現されている。この雑感文は、面識のない若者から送られてきたつぎの内容の手紙に回答する形式で書かれている。

私が十九になったとき、父母は私に嫁を取ってくれた。あれから数年、私たちは、いま仲睦《なかむつ》まじく暮らしている。だがこの結婚は、すべて他人が言い出し、他人が決めたものだ。彼らのある日の戯《ざ》れ言《ごと》が、我々の百年の契りとなった。まるで、二匹の家畜が「ほら、お前たち、おとなしくいっしょにいるんだよ！」という主人の言いつけに従ったようなものだ。愛情よ！　哀れにも私は、お前がなんであるかを知らない。

この手紙に魯迅は、回答している。

ただ、女性の側には、もともと罪はなく、現在は旧い習慣の犠牲になっているのである。我々はいまや、人類の道徳を自覚したのだから、良心に照らして、彼ら若い者、老いたる者が犯してきた罪を自ら繰り返すことはできないし、なおさらまた罪なき異性を責めることもできない。となれば、犠牲者である彼女らの相伴をして、自らの一生を犠牲にすることによって、四千年の旧い帳簿に締めくくりをつけるしかない……。

我々は、もっと叫ばなければならない。愛のない悲哀を叫び、愛すべき者のない悲哀を叫び、……旧い帳簿が抹消される日まで叫びつづけなければならない。旧い帳簿は、どうしたら抹消されるのか。私は言う。「我々の子供を完全に解放したら」（「随感録四十　愛情」）。

この雑感文の最後の「我々の子供を完全に解放したら」と言う一文は、かれが作家として登場した作品「狂人日記」の主題である。

一九一八年四月に、当時思想革命を唱え、儒教の害毒を鋭く糾弾し、若者たちに大きな影響を与えていた雑誌『新青年』に発表された「狂人日記」は、白話文（文語に対する口語文）によって書かれた短編小説である。この作品の最後に「狂人」となった主人公の「日記」が「四千年の食人の履歴を持つおれ、はじめは知らなかったが、いまわかった。ほんとうの人間の前に顔が出せたものか！　人を喰ったことのない子どもは、あるいはまだいるだろうか。子どもを救え……」で結ばれていた、と作者自身と思われる語り手は語る。

「狂人日記」の世界

しかし、この作品の冒頭は、語り手が友人を見舞うために「帰郷を機に、回り道をして訪ねてみると、病人は弟のほうだという。遠路の見舞いありがたいが、すでに全快し、候補（清代の官制で官職名のみあって実際の職務のない中下級官僚で任用を待つ者）として某地に着いた」と言われ、この「日記」の書名は「本人が全快後に題したもの」と説明されている。魯迅は、主人公の「狂人」が全快することで「狂人」が指弾《しだん》した社会に復帰していることを示唆していた。

中国近代文学の幕開けを記念した白話文で書かれた「狂人日記」は、魯迅の眼に映る人が人を喰う旧中国社会の人間関係が描写されていた。しかし「狂人日記」を第一創作集『吶喊』の「自序」の次の個所とあわせ読むならば、執筆することに戸惑いを持ちながら創作活動を開始した魯迅の心理状況が理解できる。

そのころ、ときたま話しに来たのは旧友の金心異《チンシンイ》（銭玄同《チェンシュワントン》、『新青年』編集者の一人）だった。手提げの大きな皮かばんをぼろテーブルの上に置き、長衫《チャンシャン》（読書人が愛用した膝下まである長い上着）を脱いで、向かい側にすわった。犬嫌いで、心臓がまだドキドキしているらしかった。

「君、こんなものを写して何になるんだ」、ある晩、彼はその古碑の写しをめくりながら、質問を向けてきた。

「べつになんにもならない」

「じゃあ、それを写すのは、どういうつもりなんだ」

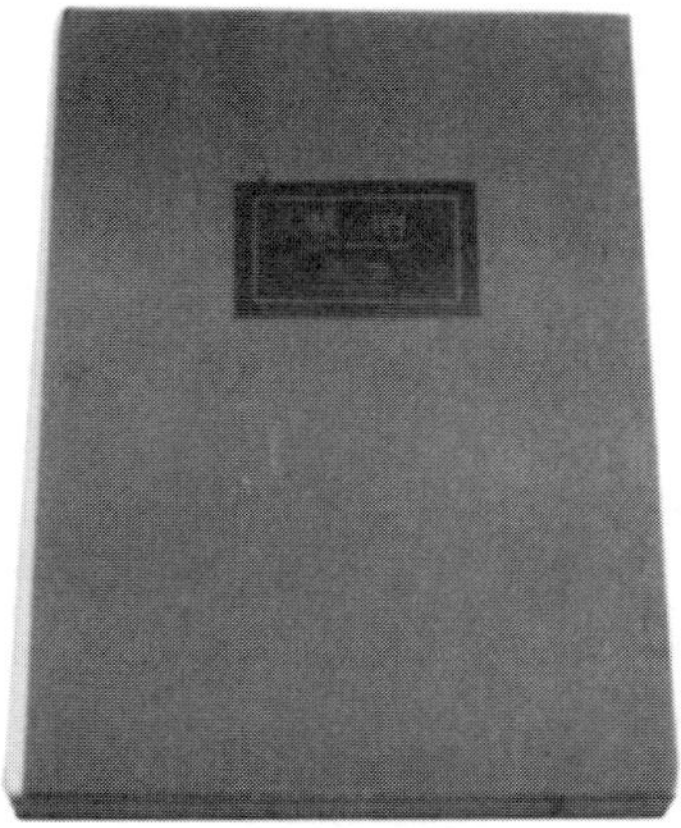

『吶喊』の表紙

「なんというつもりもない」

「僕は思うんだが、君は、何か書いたらいいんじゃないか……」

私には彼の考えがわかった。彼らは『新青年』をやっている。しかし、そのころは賛同する者もいないし、反対する者もいないようだった。彼らは寂寞を感じているのかもしれない、と私は思った。

魯迅は、自分に問いかけるように続ける。

「かりに鉄の部屋があって、まったく窓がなく、こわすこともとてもできない。中には、たくさんの人たちが熟睡している。間もなく窒息してしまうだろうが、昏睡のまま死んで行くのだから、死の悲哀を感ずることはない。いま、君が大声をあげて、多少意識のある数人を叩《たた》き起こせば、この不幸な少数者に救われようのない臨終の苦しみをなめさせるわけだ、それでも彼らにすまないと思わないのか」

「しかし、数人が起きた以上、その鉄の部屋をこわす希望がまったくないとは言えまい」

そうだ、私には私なりの確信があるが、しかし希望ということになれば、抹殺はできない。希望とは将来にかかわるものであり、ないにちがいないという私の証明で、あり得るという彼の意見をときふせることはできない。そこで、私もとうとう何か書くことを承知した。これが最初の一篇「狂人日記」である。

魯迅の戸惑いとは、病が全快した主人公がもとの世界、つまり「鉄の部屋」に眠っている状況に戻っていることから生じたものである。ここでの魯迅は主人公である「狂人」の症状を語ることしかできなかった。

ここで、魯迅の日本留学時代の足跡を見てみよう。その頃にかれの作家としての萌芽が認められ、のちの作家人生を支える「文明批評」が観察できるからである。そしてなによりも東京での文学活動の挫折が「狂人日記」執筆時のとまどいの原因となり、その後の魯迅の作品世界に影響を与えていることが発見できる。

清末の社会潮流

現在、『魯迅全集』に収録されている作品を見るならば、一九〇三年に執筆された「中国地質略論」「スパルタの魂」「ラジウムについて」、一九〇七年の「人の歴史」、一九〇八年の「科学史教篇」「文化偏至論」「摩羅詩力説」「破悪声論」があり、それぞれの巻に別個に収録されている。

これらの作品には、清末に国家の近代化を促進する目的で西欧の文物、科学技術を取り入れようと洋務運動の風潮のなかで設立された南京の江南陸師学堂在学中に、かれが体験したことが反映されている。

洋務運動とは、一八四〇年イギリスが茶葉を購入する代価として持ち込んだアヘンを清朝政府が禁輸したことが原因で「アヘン戦争」が勃発し、清朝があえなく軍事的敗北を帰し不平等条約を締結せざるを得なくなったことで、一八六〇年代頃から清朝が始めた富国強兵運動のことである。

この運動は、国内で一八五一年に上帝会の教主洪秀全《こうしゅうぜん》が広西省金田村で創建し清朝と抗戦した「太平天国の乱」や五八年に英仏と清国との間に起こった「アロー戦争」の経験から、西洋の武器の優秀性を認識した曾国藩《そうこくはん》、李鴻章《りこうしょう》ら高級官僚によって推進された。具体的には、一八六〇年代に官営の兵器工場、造船所が設立され、七〇年代に北洋海軍の建設、鉱務局の設立、九〇年代に入ると鉄道建設、製鉄所設立へと向かっていった。

魯迅は、中国社会が西欧からの衝撃を経験するなかで少年期、青年期を過ごし、南京の江南水師学堂に入学している。しかしこの学校に「居心地の悪さ」を感じ、江南陸師学堂附設鉱務鉄路学堂に再入学する。この学校でも、「結局なにも身につかなかった」ものの、ハックスリー著、厳復《げんぷく》訳『天演論』に出会うのである。

「天演論」との出会い

魯迅は、一九二六年に当時のことをつぎのように回想している。

中国に『天演（進化）論』という書物があることを知った。日曜日に南の街まで行って、買ってきた。分厚い石版本（平板印刷の一種）で、きっかり五百文だった。……おお、世界にはハックスリーなどという人もいて書斎でこのようなことを考えていたのか、しかもこのような新奇な着想でと、一気に読んでいくと「生存競争」や「自然淘汰《とうた》」も出てきた、ソクラテスやプラトンも出てきた、ストアも出てきた。……暇さえあれば、餅《ビン》、落花生、唐辛子などを噛《かじ》りながら『天演論』を読みふけっていたものである（「追想断片」）。

ハックスリーが著した『天演論』との出会いは、この時期の中国が西欧の列強によって半植民地化されていく現実認識と結びついていた。

そのなかの「中国地質略論」で魯迅は、諸外国から侵略されている現状を「地質学の未発達によるものである」と語っている。

列強の領土内では、石炭はすでに尽きようとしており、中国は列強の盛衰の問題を解決する鍵を握っている。将来における工業の盛衰はひとえにシナ占領の成否にかかっているので、列国はついに臂《ひじ》を振るって立ち上がり他人に先んじられまいとしたのである。

厳復訳『天演論』

諸外国から侵略されている現状を語った魯迅は、「スパルタの魂」では、西暦紀元前四八〇年にペルシャ王クセルクセスによって破れたスパルタが後にプラタイアイの役で仇を報じた故事を紹介し、「今日にいたるまで、歴史を読むものは、なお勇気凛々《りんりん》として身のひきしまり、心の奮い起つのを覚えるのである」、「私はここにその逸事《いつじ》をとりあげ、わが青年たちに贈ることにしたい。ああ世の中に自ら甘んじて巾幗《きんかく》の男子（丈夫の志のない男子の意）になり下がるものがあろうか。かならずや筆を擲《なげう》って起ち上がるものがあるに相違ない」と述べている。

仙台医学専門学校での体験

さらに魯迅は、「ラジウムについて」のなかでは西欧の科学精神について語るのである。

X線の研究からラジウム線が発見された。そしてラジウム線の研究から電子説が生まれた。これよりして、物質に関する観念が、忽然《こつぜん》として、動揺を来たし、大きな変化を生じた。衆智を集め、古きを捨て新しきを採ることに努めた結果、朽ちたる果実はすでに落ち、新しき花弁はまさに開こうとする。

十九世紀末のX線の発見者レントゲン氏に対し、脱帽して謝意を表さなければならない。

これらの発言から、留学当時の魯迅の主張には、南京の江南陸師学堂で学んだ科学と、それを生み出してきた西欧の科学精神への信頼が観察できる。同時に魯迅の文学への関心が異民族支配に対抗する民族の「覚醒」に結びついていることを知る。

仙台医学専門学校校舎

その後、魯迅は仙台医学専門学校に入学し、二年で退学した後に東京に戻り、文学運動を起こすことになる。この医学から文学への転向という行動は、仙台医学専門学校での体験が魯迅に大きな影響を与えた結果であるが、その前後のかれの言動を考えるならば、文学運動の開始は突然の出来事ではなかった。

魯迅が仙台医学専門学校の講義時に見た日露戦争のニュースを伝える「幻燈（スライド）」に映された同胞の姿は、のちにかれの作品世界にしばしば出現することを考えると衝撃的な出来事であった。魯迅は、そこで見た「幻燈」を『吶喊』の「自序」で事細かく語っているのである。

当時は、ちょうど日露戦争の頃だったから、当然戦争に関する画面も多かった。私はこの教室で、しばしば同級生の拍手と喝采《かっさい》に調子を合わせねばならなかった。あるとき、私は思いがけず、久しく会わずにいた多数の中国人たちと突然画面でお目にかかった。一人が中央に縛られていて、多数が周囲に立っている。そろって体格はいいが、無表情である。解説によると、縛られているのはロシアのために軍事スパイを働いていたもので、いましも日本軍によって見せしめのために首を切りおとされようとしているところ、そして取り巻いているのは、この見せしめの盛挙を見物に来た人々だということであった。

この学年が終わらないうちに、私はもう東京にきてしまった。あのとき以後、私は医学は緊要事ではない、と思った。およそ愚弱な国民は、体格がいかにたくましく、いかに頑健であろうと、せいぜい無意味な見せしめの材料と見物人になるだけのことだ。どれほど病死しようと、不幸だと考えることはない。だから、我々が最初にやるべきことは、彼らの精神を変えることだ、そして精神を変えるのに有効なものとなれば、私は、当然文芸を推すべきだと考え、こうして文芸運動を提唱しようと思った。

文学運動の挫折

魯迅は医学から文学へと移った理由をこのように回想した。この時期に日本留学期に書かれていた「破悪声論」のなかには、かれの文学運動がどのようなものであったのかを具体的に語っている個所がある。

かのポーランドの軍人ベムがハンガリーを援《たす》け、イギリスの詩人バイロンがギリシアを助けたように、自由のために精神を振るい立たせ、圧政を転覆して、これを天地の間から追放すべきである。もしも危《あや》うい国があるなら、どこであろうとも行ってこれを助け、まず友邦《ゆうほう》を独立させ、ついでにその他におよび、人間世界を自由具足の世界となし、虎視眈々《こしたんたん》たる白色人種の手からその奴隷を解放した時にこそ、「黄禍《こうか》」ははじめて実現するのである。今こそ強暴を羨《うらや》む心を捨て、自衛の必要を説かなければならぬ時である。わが中国もまた侵略を受けている国ではないか、自らこれを反省しないでよいであろうか。

魯迅のこの作品は、「未完」と記されているが、こうした主張のなかに、十年後のかれの文学活動を考える時に重要な意味をもつ一節がみられる。

しかるに天下を挙《あ》げて直言の声一つなく、寂寞のうちに政治は推移し、天地は閉じた。……だが、私はまだ未来に大いなる希望を失っていない。賢者の心の声を聴き、その内なる光を見んことを思うからである。……ただこれも大衆に期待できることではなく、一、二の士に望みを託するしかない……。

思うに、言葉が自分自身の心から発せられ、おのれがおのれ自身に立ち返ったとき、人ははじめて自己を持つ。そして、人おのおのが自己を持ったときこそ、社会の大いなる目覚めのときは近い……。
そして、今日の中国は、まさに一個の寂寞《せきばく》の境である。
夢見る者は見つづけていようとも、目覚めた者が、この呼び声をよしとするならば、この数人の賢者によって、中国の人々は全滅を免れるであろう。国民に生き残る者が一人でもあるならば、中国はその一人に生命を託するのである。

このような発言が一九〇八年の魯迅の主張の主旨であった。魯迅の主張は、当時の日本で亡命革命家によって主張された「滅満興漢《めつまんこうかん》」の革命思想、つまり異民族の清朝を打倒する思想を鼓吹《こすい》していた留学生の新聞『浙江潮』と『河南』に掲載されていた。辛亥革命の前夜、孫文《そんぶん》が一九〇五年に亡命先の東京で革命諸団体を結集し中華革命同盟会を組織し、民族・民権・民生の三民主義を唱えていた時期である。

わたしたちは、これらの論文に語られた個々の主張が「狂人日記」を発表して以降のかれの雑感文にしばしば復活していることを知る。

しかし魯迅の東京留学期の文学運動は、挫折していたのである。その原因は、数人の同志と雑誌『新生』を刊行することが頓挫《とんざ》したことにあった。また『域外《いきがい》小説集』を刊行していたが、上下巻各二十冊程度売れたに過ぎなかった。『新生』刊行の頓挫は原稿を引き受ける数名が姿を消し、資本にも逃げられてしまったことにあった。魯迅は、そうした経緯について「始めから、そもそも時勢に合わなかったのだし、失敗しても文句の持って行きようもない」と反省している。

その反省は、「私は自らいいようのない悲哀を抱いていたとはいえ、憤《いきどお》る気持ちはなかった。この経験が私を反省させ、自分の姿を見せてくれたからである。つまり、私は臂《ひじ》を振ってひとたび呼べば、応えるもの雲のごとく集まる、という英雄では決してなかったのだ」（「自序」）と感じる「寂寞」を伴っていた。

文学運動の挫折を語った回想は、一九二二年十二月の時点のものである。このように挫折を語っていた魯迅であったが、帰国後郷里に波及した辛亥革命に多くの期待をかけていたことも事実であった。

期待を寄せていた辛亥革命

一九一一年、清朝が財政難を解消するために幹線鉄道を国有化し、それを担保に外国から借款《しゃっかん》を得ようとしたことから、各地で反対運動が起こり、四川では暴動が起こった。十月十日、武昌の軍隊が蜂起するとそれは各省に広がり、翌一二年一月に南京に孫《そん》文《ぶん》を臨時大総統とする中華民国が成立した。一方、清朝は革命が起こると袁世凱《えんせいがい》を起用して対処させたが、袁は革命勢力が未熟であることを見抜いて、清朝の退位を条件として臨時大総統の地位を袁が譲り受けるという密約を革命側と結んだ。この結果、二月、宣統帝溥儀《ふぎ》は退位し、清朝は滅亡したのである。このようにして中華民国が成立した。

革命後、新たに国民党が結成されたが、袁は強圧的姿勢を示し正式大総統となり独裁権を強めて一九一五年には帝政復古を宣言した。しかし内外の反対を受け、翌一六年これを取り消し、かれはまもなく病死した。それ以降国内では軍閥《ぐんばつ》（各地に存在した軍事組織）が政権を争う不安定な政局を迎えていくのである。

当初、魯迅が辛亥革命に抱いた期待は、かれが郷里で創刊した新聞に寄せた「『越鐸』創刊の辞」の主張となっていた。


ここに本紙を創刊して同胞にはかり、文を挙げて意を宣《の》べ、治化を翼《たす》けんことを希《こいねが》う。自由の言論を紓《の》べ、個人天賦《てんぷ》の権を尽くし、共和の前進を促さん。

われらは、口を閉ざして中国をふたたび寂寞に帰するに任《まか》せ、重ねて自ら無量の罪悪を負うて前者の塵《ちり》を追うを欲せざるなり……。

ああ美《うる》わしきわが于越（越の呼び名）、古《いにしえ》より天下に及ぶ国無しと称す。唯《ただ》、専制長きにわたり、光明の蘇《よみがえ》りは易《やす》からず。


魯迅の期待は、新聞社の運用資金の出所とその使い道に関わる金銭騒動に巻き込まれることで裏切られることになった。かれは、この騒動により当時任に就いていた山会師範学校校長を辞していた。

中華民国臨時政府教育部に奉職

その後、魯迅は、一九一二年二月同郷の先輩で中華民国臨時政府教育総長の蔡元培《さいげんばい》の推薦により南京に成立したばかりの中華民国臨時政府教育部に奉職し、五月には政府の移転にともない北京に移っている。

中華民国政府での魯迅は、教育部僉事《せんじ》（参事につぐ官職）、社会教育司第一科長の職にあった。博物館、図書館、動植物園、美術館および美術展覧会、文芸・音楽・演劇、古文物の調査を担当する部署である。この時期のかれの行動を教えてくれる資料は、「美術普及に関する意見書」と「『教育綱要』の廃止についての簽注《せんちゅう》（覚書に書き込んだ書き込みの意）」である。「美術普及に関する意見書」は、一九一二年六月から七月に実施された講習会で「美術略論」を講義していたかれの美術に関わる強い関心が語られたものである。

美術の目的は、道徳とことごとく一致するにあらずといえども、その力は人の性情を淵深にし、人の好尚を崇高にするに足り、道徳を輔《たす》けて天下の政治に寄与し得るなり……。すべての美術は、一時代および一民族の思惟《しい》を表徴《ひょうちょう》するに足る。……故にまた国民の魂のあらわれなり。作品は永く人の世に留《とど》まるが故に、武功文教は時間とともに消滅すれども、美術のこれを保存するに頼りて、後世の人をしてこれを考え見ることを得しむなり。

この見解は、一九二〇年代後半から海外の版画を紹介し、三〇年代になると版画創作の普及に力を尽くし、中国の木刻を保存することに情熱を傾けていた時の魯迅の美術に向けた関心がすでに存在していたことを教えている。

また「『教育綱要』の廃止についての簽注」では、当時の教育界に向けたかれの批判がこのように示されていた。

「綱要」に並べられている内容の多くは、旧式の思想に合致するもので、世間はこれを保持することを歓迎しており、その他無業の遊民《ゆうみん》たちも、またこれを口実にして団体を結成し（たとえば、経学の研究に名を借りて人を集め結社をつくるといった類である）、教育を妨害している。この「綱要」は、すでに消滅したかのごとくにみえて、その実、一部の人々の心の中に、なお隠然として存続しているのである。もしこれを根本から取り消してしまうのでなければ、こうした異見の根を断つことは困難であろう。

『魯迅全集』の注によると「教育綱要」の主旨は、「一九一五年袁世凱《えんせいがい》が大総統就任時に制定、『尊孔尚孟』を理念とし、中学、小学校にすべて読経の一科目を加えることを規定し、各省各地に経学会を設立する」ことにあると説明されている。そして「一九一六年三月に教育部参事室は討論をおこない、覚書を作成、魯迅は覚書に簽注《せんちゅう》した」という。つまり一九一六年、帝政の復活を目論んだ袁世凱の死去後に「教育綱要」が見直され、魯迅はこの討論の場で意見を述べていたのである。美術に関する意見書と「『教育綱要』の廃止についての簽注」は、ともに教育部に奉職する魯迅の職務から発せられたものである。この二つはその後の魯迅の文学活動に結びつくものでもあった。しかしこの時期、かれはこれらの見解を持ちながらも、かれがしばしば「寂寞」と呼ぶ心境に悩まされていた。

ただ、私自身の寂寞だけは追い払わないわけにはいかなかった。それはあまりに苦しかったから。私はそこでさまざまな方法で、自分の魂を麻酔で眠らせよう、自分を国民のなかに埋めこみ、古代に帰らせよう、とした。その後も、もっと悲しいことをいろいろ直接体験もしたし、目で見もした。どれも、思い出したくない、私の脳と一緒に土の中に消えさせてしまいたいものばかりだった。が、私の麻酔法の効果があったらしく、青年時代の悲憤慷慨《こうがい》の気持ちはもはやなくなった（「自序」）。

こうした心境のなかで魯迅は、当時同郷人が宿舎としていたS会館での生活を語っている。

何年もの間、私はここに住んで古碑の写しをとった。仮住まいのことで訪れる者もまれだし、古碑のなかでは問題だの主義だのにぶつかることもなかった。私の生はひっそりと消え去って行くだろう。それは私の唯一の願望であった。

魯迅は、この時期に教育部の公務の合間に中国古代の造像や墓碑等の金石拓本《たくほん》を収集していた。その時、魯迅の背を押すことになったのは、雑誌『新青年』を発刊させた新文化運動の社会の風潮であり、この時期に魯迅を頻繁に訪れていた友人銭玄同《せんげんどう》の存在であった。魯迅は、その友人の勧めで「狂人日記」を執筆し、作家としての第一歩をしるすことになったのである。

魯迅の「狂人日記」を掲載した『新青年』とは、袁世凱死後各地に勢力をもつ軍閥が政権を争う政治の不安定な状況のなかで、陳独秀《ちんどくしゅう》によって上海で創刊された雑誌である。この雑誌に一九一七年胡適《こせき》が文語文を廃して白話文学を興すことを提唱し、旧来の倫理道徳、文芸に批判が向けられ、科学と民主が提唱された。

こうした思想界の新たな動きは、第一次世界大戦中に諸列強の力が一時的に緩《ゆる》み、大戦後に中国国内の民族的自覚が高まったことが背景となっていた。民族的自覚は、袁世凱に「二十一か条の要求」を日本が突き付けていたことへの反発や、戦後パリ講和会議で山東の旧ドイツ権益返還を求める提訴が無視されると一九一九年五月四日、北京の学生たちはヴェルサイユ条約に反対する市民を含んだ大規模な抗議デモ、つまり「五・四運動」を引き起こす原動力になっていたのである。

2　魯迅の描いた作品世界——『吶喊《とっかん》』から『彷徨《ほうこう》』まで

作家魯迅は、代表作「狂人日記」「阿Q正伝」の成功によって文壇に不動の地位を築いた。かれの作品世界を読み解くには、作品と同時に書かれた雑感文や海外文学作品の翻訳の動機などを参考にすることが役立つ。これから魯迅の二冊の創作集のなかの幾つかの作品をとりあげることにする。

阿Qの世界

・「阿Q正伝」（一九二一年十二月四日～二二年二月十二日発表　第一創作集『吶喊』所収）

まず一九二一年十二月に北京『晨報副刊《しんぽう》』に発表されたかれの代表作となった「阿Q正伝」を読んでみることにしよう。『晨報』は、政治的に軍閥《ぐんばつ》政府を擁護する性格をもっていたが、文芸面を構成した「副刊」は新文化運動を支持する刊行物であり、一九二一年秋から二四年冬にかけて山会初級師範学堂時代の学生であった孫伏園《そんふくえん》が編集を担当していた。

魯迅の郷里であろうと思われる清朝末のとある田舎を舞台とした物語の主人公は、村はずれの土地神の祠《ほこら》を住まいとしている日雇い農民阿Qである。この阿Qを魯迅が一躍有名にしたのは、幾多の場面で阿Qが「精神勝利法」によって、村人に虐《しいた》げられてもめげることなく、いつの間にか、勝利者の顔つきで生活している場面である。当時この作品が多くの読者に受け入れられたのは、列強に虐げられているにもかかわらず、それに無関心でいられる中国人の心理描写に成功した点にあろう。

この作品について語った魯迅の発言は、「阿Q正伝」の執筆意図を教えている。

書くには書いてみたものの、わたしが本当に、現代のわが国の人々の魂を描くことができたかどうか、結局のところ、自分にはまだ、しかとした自信がない。他人はいざ知らず、わたし自身には、我々人と人とのあいだには高い塀があって、それぞれを隔離し、人々の心を通いあわせないようにさせているように思えてならない。

造化の神は、人間が他人の肉体的苦痛を感じることがないように、実に巧《たく》みに人間をつくっておいたのであるが、わが聖人および聖人の弟子たちは、さらに造化の神の缺《けつ》を補って、人間が他人の精神的苦痛まで感じることがないようにしてくれたのである。

魯迅は、最後に「もの言わぬ国民の魂を描くのは、中国では本当に難かしいことである。……わたしは人々の魂を懸命に探し求めるのだが、いつもそこに隔《へだ》たりがあるのを残念に思う。将来は、高い塀にとり囲まれているすべての民衆が自分からめざめ、外にとび出して口を開くようになるに違いないのだが、しかし、いまはまだほんの少数である。だから、わたしも自分の気づいたことによってしばらくは独り寂しくこれらを描き、わたしの眼に触れたことのある中国人の人々の生き方と見なすしかないのである」と結論した（「ロシア語訳『阿Q正伝』」）。

阿Qを追い詰めた「狼の眼」

また一九二六年十二月、魯迅は上海『北新』に発表した「『阿Q正伝』の成り立ち」のなかで阿Qの人物形象について語っている。

阿Qのイメージは、私の胸の中に何年も前からあり続けたように思う。ただ、それを書いてみようという気は、もとよりなかった。そこへ話がもちこまれて、ふと思い出し、その夜少し書いてみたのが第一章、序である……。

一週、一週切り抜けていくうちに、さて、阿Qは革命党になるのかという問題にぶちあたった。私の考えでは、中国に革命が起こらなければ阿Qも革命党にはならず、革命が起これば革命党になるだろう。わが阿Qの運命はこれしきのものでしかなく、人格もおそらくは分裂などしていない。民国元年はすでに過ぎ去って、そのひそみにならうこともかなわないが、今後、もし改革があれば、またもや、阿Qのような革命党が出現するに違いない。私も人々の言うように、過去のある一時期を書いたにすぎないことを願っているが、私がみたものは、現代の前身などではなく、現代以後、ひょっとしたら二、三十年先の姿かもしれないのが心配だ。

物語の結末「大団円《だいだんえん》」は、阿Qが市中を引き回され、処刑される場面である。その場面は、阿Qが処刑されるのを見物する人だかりを阿Q本人が見た異常な情景となっている。

その刹那《せつな》、またしても彼の思考が頭の中をはせめぐったようであった。四年前、彼は山のふもとで一匹の餓えた狼に出会ったことがあった。彼の肉を食おうと、いつまでも近づきもせず遠のきもせずにあとをぴったりつけてきた。彼はそのときは、生きた心地がしなかったが、さいわい手に鉈《なた》を一挺《ちょう》持っていたので、それをたよりに気持を落ち着かせて、なんとか未荘《みそう》(阿Qの寝泊まりしている祠のある村)までたどりついた。しかしあの狼の眼は永遠に覚えている。凶悪なくせにびくびくして、二つの鬼火《おにび》のようにきらきら光り、遠くからでも彼の皮も肉も突き刺すようだった。しかしまた、彼は今までに見たことのない、もっと恐ろしい眼を見た。鈍いくせに尖《とが》った、彼の皮や肉以外のものまで嚙みくだいてしまおうと、いつまでも遠のきもせず近づきもせず

英語版（1926年）と日本語版（1931年）の『阿Q正伝』

彼のあとをついてくる。

阿Qは、こうして処刑された。魯迅は、最後に未荘の世論を「あんなながいこと町を引き回されていたのに、芝居の歌一つ歌えないなんて、ついて回って骨折り損だった、と言うのである」と語っている。

魯迅は、阿Qを追い詰める民衆の眼を「狼の眼」に形容した。その「狼の眼」をかれは、すでに仙台医学専門学校の講義の合間に見た「スライド」のなかで遭遇していたのである。それは、作品「藤野先生」のなかに描かれた「ロシア人の探偵をつとめて日本軍に捕らえられ、まさに首を切りおとされようとしている」中国人を取り囲んで見ている中国人の表情のなかにあった。

阿Qという人間

魯迅は、帰国後も、死刑囚の処刑を見物する野次馬たちが酒にでも酔ったように喝采している場を目撃していた。近代中国を代表する作品「阿Q正伝」を通じて、魯迅は「狼の眼」を持つ民衆の傍観的姿を告発した。しかもかれの読者もその罪では共犯者であることを語ったのである。

魯迅は、阿Qに向けられた民衆の眼を描くと同時に処刑された阿Qという人物像を説明している。民衆の中の一人である阿Qは、「暴君の臣民は、ただ暴政が他人の頭上で暴《あば》れることを願うだけだ。自分はそれを眺《なが》めておもしろがり、『残酷』を娯楽とし、『他人の苦しみ』を賞玩《しょうがん》物とし、慰安とする。……死ぬ者は、『アイヤー』と呼び、生きている者はおもしろがる」（「随感録六十五　暴君の臣民」）世界の住人であり、「髪の話」の登場人物Nが語る「ああ、造物主の皮の鞭《むち》が中国の背に加えられぬかぎり、中国は永遠にこんな中国なんだ。自分では毛すじ一本変えようとしない」状況のなかに生きている人間であった。

魯迅は、このような状況下にありながら、いっぽうでは日本留学時代から始めていた海外文学作品を紹介し続けていた。こうした海外文学作品の紹介が魯迅文学の重要な位置を占めていたことは、かれが紹介した作品も雑文と同様にかれ自身の作品世界と密接に関係していることから知ることができる。その例として、武者小路実篤作「『或る青年の夢』訳者序その二」があげられる。

海外文学作品翻訳の動機　魯迅は、翻訳の動機を「中国人自身は確かに戦争は得意ではないが、決して戦争を呪《のろ》っているわけではない。自分は確かに戦争に行くのを望まないが、戦争に行くのを望まぬ人々に同情しているわけではない。自分のことは心配しても、他人のことまで心配していないのである。……私はこの戯曲が多くの中国旧思想の宿痾《しゅくあ》を治癒《ちゆ》でき、その意味で中国語に翻訳する意義が大いにあると思うのである」(「『或る青年の夢』訳者序その二」)と語っている。

さらに魯迅は、「『魚の悲しみ』(ロシアの盲目詩人エロシェンコ作)訳者附記」で、「『他の者が捕らえられて殺されるのを見ることは、私には自分が殺されるよりも苦しいのだ』というに至っては、私たちがロシアの作家の作品においてしばしば出遇うことのできる、かの地の偉大な精神なのである」と作品を紹介していた。

武者小路実篤、エロシェンコの作品は、「阿Q正伝」の作品世界と結びついていたのである。

魯迅が作家としてデビューした作品「狂人日記」を書いたのは、中華民国政府教育部役人を務めていた時期であり、北京の紹興会館補樹書屋にいた一九一六年五月、三十六歳の時であった。その後、魯迅は、一九年八月に八道湾十一号の家屋を購入し、十一月に引っ越している。

この転居は、故郷紹興から家族を北京に呼び寄せるものであり、そのために帰省した時の体験は、かれの作品「故郷」に描かれている。

創作の原点――「故郷」の世界

「故郷」は、『新青年』第九巻第一号(一九二一年五月)に発表されている。追想の中に優しさを基調とした抒情性をもつ作品は、日本でも中学校の国語の教科書に採用され、多くの日本人に親しまれてきている。

作品の舞台は、魯迅の故郷である紹興であろう。魯迅にとって二度目の帰省であったが、かれは、中華民国の時代になったにもかかわらず、革命以前とまったく変化していない故郷の農村に住む人々に会うことになったのである。その代表となった人物は、かれが幼少の頃に親しく遊んだ閏土《ルントウ》であった。この時、閏土の姿は、魯迅を「旦那《だんな》様」と呼ぶ小作人に変貌している。

魯迅は、作品を通じて郷土愛を描きつつも悲しみをもつ憐憫《れんびん》の気持ちを表している。憐憫の情は、迷信や農村社会に存在する残酷、偽善に満ちた農村社会に住む人々に対するものであった。この作品は、旧来の中国人の生き方を拒絶しつつも、子どもの頃の魯迅と閏土のように魯迅の甥と閏土の息子が親しく遊んでいる光景を見て、若い世代がこれまでと違った生活を送ることができるのだろうかと、沈んだ気持ちになった魯迅の姿を描いていた。魯迅の沈んだ気持ちは、作品の末尾でこう書かれている。

私は、思った、私と閏土とかくも隔《へだ》たったところまで来てしまったが、つぎの世代は、まだ一つだ。宏児《ホンアル》は水生《シュイション》をしきりになつかしがっているではないか。彼らはもう私のように、たがいに隔たらないで欲しい。……しかしまた、彼らにいっしょのままでいて欲しいからといって、みんなが私のように苦しみにもだえながら生きるようにはならないで欲しい。また、閏土のように苦労のあまり生気を失って生きるようにはならないで欲しい。また、他の人にように、苦労のすえ勝手なふるまいをして生きるようにはならないで欲しい。彼らは新しい生活をもたねばならない。私たちがまだ経験したことのない生活を。

私は思った。希望とは元来あるとも言えぬし、ないとも言えぬものだ。それはちょうど地上の道のようなものだ。じつは地上にはもともと道はない、歩く人が多くなれば、道もできるのだ。

魯迅にとって、故郷とそこに住む人々は懐かしさと憐憫をないまぜにした世界であり、そこに『吶喊』作品群の創作の原点が存在していた。

遭遇した論敵

一家の生活の収入源は、役人生活による収入と弟作人の北京大学の俸給によるものであった。この頃の日記を見る限り、教育部からの俸給には遅配が生じ、その後の日記に記されている給与の記録を見ていくと決して楽な生活とは言えなかった。遅配は、一九二六年八月に九千二百四十元に達していた(「『俸給支給』の記」)。

魯迅は、一九二〇年八月になると兼務を許されていた、北京大学と北京高等師範学校で「中国小説史」の講義を担当している。

魯迅の作家としての資質には、文明批評の性格が強いことはすでに述べた。またかれの作品世界に、早い時期から中国小説史を研究する研究者の視点が投影されていることが、つぎの雑感文からわかる。

こころみに、五代、南宋、明末のことを記したものを、今日の情況と比較してみると、あまりにも似ているので、気も動転するほどだ。どうやら、時の流れは、わが中国についてだけは無関係であったらしい。現在の中華民国は、あい変らず五代であり、宋末であり、明の末《すえ》なのである。……国民性というものは、まことに改《あらた》めがたいものなのだろうか。もしそうだとすれば、将来の運命もほぼ見当がつこうというものだ。やっぱりおなじみの言葉で、古《いにしえ》、すでにこれあり、ということだ（「ふと思いつく四」）。

魯迅は中国小説史研究のなかで見出した「時代精神」を現代社会の社会潮流と結びつけている。魯迅のこうした文明批評的立場は、当然の如く、「論敵」と遭遇することになった。論敵は、一九二三年末以来出講していた北京女子師範大学での紛争にかれが巻き込まれた時に出現する。

巻き込まれた北京女子師範大学の紛争

北京女子師範大学

北京女子師範大学の紛争は、学校運営に関する校長と学生の自治組織との間に起こり、学生から相談を受けた魯迅が学生の側についたことで学校当局と対立することになった出来事である。しかも段《だん》祺《き》瑞《ずい》政府の教育部総長章士釗《チャンシーチャオ》、雑誌『現代評論』が校長側に同調したことによってこの紛争は拡大した。この紛争に関わった魯迅は、紛争の最中の一九二五年八月に章士釗から教育部僉事《せんじ》を罷免され、そのためかれは、行政に関わるもめ事を裁判する平政院に提訴し、翌年一月に裁判で勝利するという出来事まで発生していたのである。

この紛争は、最終的に「一九二五年十一月段祺瑞内閣の瓦解によって」終結するという軍閥間の対立がもたらした政治情勢の影響を受けた産物であった。また魯迅にとってみても、この事件は偶発的な出来事であった。のちにかれが当時の出来事を回想するなかで「私は、あのころ、後に『孤桐先生（章士釗）』と呼ばれるこの人物に『睚眦《がいし》の怨み（極めて小さな恨み）』すらもっていなかった」(「いま一度」)、「昨年の章士釗との騒ぎにしても、私は自分で批評眼を光らせ、中国を見渡し、是非を計り、彼を新文化阻害の元凶《げんきょう》と断じたのだ、……単に意見と利害とが彼我《ひが》異なり、しかも、たまたま狭い路上で遭遇したために、数度拳骨《げんこつ》を揮《ふる》った、というにすぎない」(「新しい世故」)と述べていたことでわかる。

魯迅は、「わたしの雑感集のなかで、『華蓋《かがい》集』および『続編』に収めたのは、たいていが個人との闘争です。しかし、それは公憤であって私怨《しえん》ではありません」(「楊霽雲《ヤンジイユン》宛書簡」)とも回想している。

このように北京女子師範大学の紛争を回想している魯迅に「公憤」をもたらした原因も雑感文で語られていた。

騒動にしても、多くの人の目から見れば、もともと、取り上げるほどのことではなかったのだが、たくさんの貴重なもの、例えば、「新聞の紙面」とか、「青年の時間」とかいったものまでも占められてしまったために、それで、『現代評論』の「紙面」や西瀅《シーイン》(陳源《チェンユエン》…北京大学教授、『現代評論』メンバー)先生の時間までその巻き添えを食って少しばかり占められてしまった。しかも、ことにその罪が大きいのは、「男尊女卑」や女尊男卑などという大秘密にまで触れてしまったことである。もし西瀅先生が、まっ先にそのことを思いつき、言い出すようなことがなかったら、たぶん、いい加減にすまされてしまったことだろう（「『壁にぶつかった』名残」）。

つまり魯迅は、北京女子師範大学の騒動が「大秘密にまで触れてしまった」ことに問題があり、そのことが学生の側に立つ原因になっていたということになる。その騒動の経緯を魯迅は、つぎのように振り返っている。

去年の春ごろ、北京女子師範大学で、楊蔭楡《ヤンインユイ》校長反対の騒動が起こって以来のことだが、そのとき、同校長が太平湖ホテルで招宴をした後、意のままに学生自治会員六名を除籍処分にした事件、警察および用心棒を学内に乱入させた事件、教育総長章士釗が復活し、ついに不法にも大学を解散した事件、司長の劉百昭《リュウバイチャオ》がならず者の女物乞《ものご》いを雇《やと》い入れ、学生を殴打《おうだ》して学外へ引きずり出し、補習所の空き部屋に軟禁した事件、あわてふためき、大急ぎで女子大学の看板をかかげ、もって天下の耳目を掩《おお》いかくした事件、胡敦復《フウトンフウ》が火事場泥棒的に女子大校長の地位をかっ払い、章士釗を助けて世人を欺瞞《ぎまん》した事件、などがつぎつぎに起こった。女子師範大の多くの教職員――私はあえて言明しておくが、決して全体ではない――は、もとから章、楊の措置はまったく正当でないと考え、また学生が罪なく罰を受け、理由もなく勉学の機会を失ったことに心を痛めていたので、校務維持会の組織はますます強固になった。私は、はじめ同大学の一講師であったが、暗い残酷な状況をこの目で見ることが多かった（「『公理』の手品」）。

この文章には、魯迅が実名で批判した人物があげられている。その中で魯迅は、「事をもって論ずれば、現在の教育界には、山犬や虎などはいないけれども、城狐社鼠《じょうこしゃそ》（人の勢力をかさにきて悪事をする小人）の一味はたくさんいる。これは、むろんやむをえないことだ。不幸にしてこの十年来、少なからず、そんな奴らを見てきた。私が一部の人間の口先のインチキ『公理』に対して不敬であるのは、おおかた、このためである」と結論した。

新文化阻害の元凶

魯迅の言葉でこの騒動を語るなら、かれが「新文化阻害の元凶」の所在を見出していたということになる。魯迅の目には、「風俗紊乱《びんらん》には女子学生が必要であるから、この際すべての女子学生をとじこめてしまって風俗紊乱が起こらぬようにする」（「堅壁清野主義」）という大学の実態が見えていた。

こうして魯迅の矛先が学校当局とそれを支持する『現代評論』に向けられた時、痛烈な批判が校長に浴びせられることになった。

楊蔭楡の、自分に反抗する女子師範大学学生たちへの、今回の仕打ちは、まず警官を導入して殴打させ、次に兵糧攻めにしたというが、私は別に変ったことだと思わず、彼女がコロンビア大学で学んできた、新しい教育方法だとまだ思っていた。しかし、今日の新聞が、楊女史が学生の親に手紙を出し、もう一度入学願書を書かせ、「提出しない者は、再入学の意思なきものとみなす」と報じているのを読んで、はっと思い当り、無限の悲しみが沸《わ》き起こり、新しい女も結局やはり古い女であり、新しい方法も結局やはり古い方法であり、光明はあまりにもはるかかなたであることがわかったのである（「女校長の男女の夢」）。

以上から、この時期の女子師範大学の騒動が直接、魯迅に社会問題に関わる契機となっていたことがわかるであろう。その際にかれが語った「公憤」は、女性問題に関して具体的な見解となっていた。

魯迅が語った「公憤」

中国の女性が外に出て働き出したのは、最近のことである。しかし、家族制度が改革されていないから、家事は依然として繁雑で、結婚すれば他の仕事との両立はむずかしい。そこで外での仕事は、中国では、たいてい教育、特に女子教育に限られており、それも大方は前述のごとき独身女性の手に委《ゆだ》ねられてしまう。これは以前は道学先生が独占していたのだが、のちに頑固無知の悪名によって失敗に終わった。すると、彼女たちが、新教育を受け外国に留学し、同じ女性でもあるという立派な看板の故に、これにとって代わったのである。彼女たちは、男性とは何のかかわりもなく、また子供に縛られることもなく、聖職に専念できるだろうというので、何ということなしに、世間的に信用を得た。しかしそれからというもの、若い女子学生の蒙《こうむ》った災難は、昔日《せきじつ》の道学者先生の治下を遥《はる》かに上廻るものとなってしまった。

そして魯迅は、結論を下した。

女子は夫をもち、恋人をもち、子をもってから本当の愛情に目醒《めざ》めるのだ。そうでない場合は、愛情はねむったまま、あるいは萎《な》えてしまい、ひどいときには変態にすらなる。従って、独身者に良妻賢母の養成をまかせるのは、目の不自由な人を目の見えない馬にのせて旅立たせるようなもので、現代の新しい潮流に適合しうるかどうかなど今更論ずるまでもないことである。

その結果、「彼女たちは、長年かかって練り上げた偏見の眼ですべてを観察する。手紙を見ればラブレターだと思い、笑い声を聞けば色気づいたと思う、男が訪ねてくれば恋人である。なぜ公園にゆくか、逢引《あいび》きに決まっている。学生の反対運動にあって専らこれを策略に活用したのは言うまでもなく、普段でもこうなのである」（「寡婦《かふ》主義」）。

青年は天真爛漫であるべきである

魯迅の見解は、五・四新文化運動の時期の雑感文を引き継いだものであったが、ここでは魯迅がより身近に批判の対象を見出し、積極的に行動していたことがわかる。

そもそも魯迅にとって、北京女子師範大学は、「私は、前からこの学校を恐れていた。それは、校門を入った途端に何か陰惨な感じがするからだが、なぜ、そうなのかわからなかった。それにしても、これは自分の錯覚ではないかとつねに思っていた」と語る存在であった。魯迅は、その原因をつぎのように語る。

その後、楊蔭楡校長の「全学生への告示」のなかの「学校は家庭と同じであると心得よ、尊長の者が家族を愛さぬ道理は断じてなく、幼稚の者も当然、尊長の者の心を体得すべきだ」という言葉を見るにおよんで、はたと思いあたった、私は学校で教えているのだけれども、実は、楊家で館《やかた》に坐するにひとしく、また、この陰惨な気配は、「冷たい板の腰掛け」からでてくるものなのだ（「『壁にぶつかった』後」）。

魯迅は、「人間は環境により、考えや性格がかくも違ってしまうのである。だから寡婦《かふ》や擬《ぎ》寡婦が取り仕切る学校では、まっとうな青年は生きてゆけない。青年は天真爛漫《てんしんらんまん》であるべきだ、彼女たちのように陰気であってはならない」と語る。しかし卒業時には、「極めて『従順』に彼女たちを師と仰ぎ、人形の眼、能面の顔をして、学校が化した陰鬱《いんうつ》な家庭の中でじっと息をひそめて」いなければならず、「紙切れ一枚押し頂いて、それでもって自分がここで長年陶冶《とうや》された結果、青春本来の面目を失い、精神的な『いかず後家』となったことを証明とし、以後は自分も社会へ出てこの道を広めてゆくことになるのだ」（「寡婦《かふ》主義」）と紛争の本質を見抜いた。

知識人を束縛している「伝統思想」

・「高《カオ》先生」（一九二五年五月十一日発表　第二創作集『彷徨《ほうこう》』所収）

魯迅のこのような体験は、この時期に書かれた作品世界に投影されていた。「高先生」がその具体例である。この作品は、女学校の教員に招聘《しょうへい》された主人公とかれの古馴染《ふるなじ》みの友人との二人の会話で展開し、授業初日を満足に終えることのできなかった主人公の姿が描かれていた。

高先生は、わが家にもどってだいぶたってからも、ときどき全身がカッとほてり、またわけもなく腹立たしかった。しまいには、学堂はたしかに風紀を乱してしまう、やはりつぶしてしまったほうがいい、特に女学堂なんて、——一体どんな意味がある。虚栄心を満たすだけではないか、という気がしてきたのである。

そのように結論した主人公が友人を訪ねた時に、友人との間につぎのような会話が交わされる。

「教えたか。どうだったい。いかすのがいたかい」、黄三《ホワンサン》が熱心に訊《き》いた。

「おれはもう、行かない。女学堂ってのは、まったくどこまでひどくなるかわからん。おれたちまっとうな人間が、一緒にやるところじゃない……」

魯迅は、この作品で「彼はなんでもすぐに忘れるほうだったが、こんどばかりは、世間の風紀が憂慮すべき状態にあるように思われてならない」主人公の姿を描いていた。

作品「高先生」は、「ちょっとやそっとでは容易に抜け出せるもの」ではない知識人の「伝統思想の束縛」を問題としていたのである。

同様に女性の悲惨な境遇を描いた作品として魯迅は、一九二四年三月の「祝福」、二五年十一月の「離婚」の二編を書いている。

旧社会の残酷な人間関係を描く

・「祝福」（一九二四年三月二十五日発表　『彷徨』所収）

「祝福」の登場人物は、故郷である魯鎮に帰った語り手とその町で女中をしていた祥林嫂《シアンリンサオ》の二人である。この物語は、語り手が町はずれの河端でばったり祥林嫂と出会った場面から始まる。語り手は、その時の情景を「今回、魯鎮で会った人々のなかで、彼女ほど大きく変わっていた者はない。五年まえ半白であった髪が、いまは真っ白になって、とても四十前後には見えない。痩せこけ、黒ずんで血の気の失せた顔は、以前の悲哀の表情さえ消えてしまい、まるで木彫りの面のようだった」と語り、その遭遇した場面を描いている。


私は立ち止まって、彼女が物乞いをするのを待った。

「帰んなさいましたか」と彼女が口を切った。

「ええ」

「よかった。あなたは学問したお方だし、よそに出て、たくさんのことを知っていなさる。訊《き》いてみたいと思っていたところでした――」。生気のない彼女の眼が、ふいにきらりと光った。こんなことを言いだされるとはまったく予期しなかった私は、呆気《あっけ》にとられて立ちつくした。

「あの――」、彼女は二、三歩近寄ると、声をおとして、秘密を打ち明けるようにそっとたずねた。

「人間が死んだあとも、魂は有るんでしょうか」

私はぞっとした。私に注がれる彼女の視線を受けて、背中に刺《とげ》でも刺さったような気がした。


物語は続いて語り手が祥林嫂から地獄もあるのか、死んだ家族はみんな顔を合わせるのかと聞かれるのである。語り手は、こうした質問をした祥林嫂が翌日、行き倒れて死んだことを聞かされる。それは旧暦の年の暮れであり、かつて彼女を雇《やと》っていた者にとって彼女の存在は「疫病神」であったと描写されている。この物語は、祥林嫂が物乞《ものご》いに至るまでの旧社会における抑圧されてきた女性の悲惨な境遇と祥林嫂を死に追いやった因習と残酷な人間関係を語るものとなっていた。

離婚をめぐる抑圧された女性像　・「離婚」（一九二五年十一月二十三日発表『彷徨』所収）

「離婚」では、亭主の不義にもかかわらず、正妻である立場を捨てることのできない愛姑《アイクー》の女性像が描かれている。この物語には、話し合いがこじれた時に亭主の側が仲裁者にたてた村の有力者七大人《チーターレン》に対し、愛姑が語った場面がつぎのように描かれている。

学問をされたお方は、なんでもお見通しです。あいつは、あの色狂いにのぼせ上がって、あたしを追い出そうという魂胆《こんたん》なんでさあ。あたしは仲人を立てて、花轎《はなかご》に乗って嫁いだちゃんとした女房ですもの、そう簡単にいくものですか……きっと目に物見せてやります。役所に訴えたってかまいません。県でだめだって、まだ府があります。

これに対して、亭主の父親は、「府が七大人にお伺いを立てないことがあるもんか。そのときゃ、

『御定法《ごじょうほう》どおり』だぞ」と答えている。そして「そうなりゃ、あたしの命をかけて、おたがいめためたになるまでやりますだ」と反論した愛姑に向かって、七大人は「歳もまだ若い。人間はもっとなごやかでなきゃあいかん。……舅・姑から『出て行け』と言われりゃ、出ていかにゃいかん。府どころか、上海、北京だって、いや外国だってみんな同じだ」と諫《いさ》めた。

ここで魯迅は、「愛姑は、思いがけぬことが起ころうとしているのを知った。予想もつかない、防ぎようもないことが。いまになってようやく七大人の威厳というものがわかった。いままですっかり誤解していて、そのため、あまりにしまりがなく粗忽《そこつ》だった。彼女はひどく後悔した」と描写するのである。

魯迅は、七大人を「むかしの人が納棺のときに尻の穴につめた」尻塞《ピーソー》を嗅ぐ俗物として描いている。魯迅の描いた世界は、「わたしたちの田舎で是非を決める場合は、いつもつぎのようにします、『趙《チャオ》旦那が正しいと言っておられるのだから、まちがいっこない。旦那の田んぼは二百畝《ムウ》もあるんだ』」(「往復書簡」)という世界であり、一方で愛姑の姿には、「ちゃんとした女房」の立場を放棄することを決して許さない社会が映し出されていた。

知識人の偽善に満ちた女性観

・「石鹸」(一九二四年三月二十七日、二十八日発表　『彷徨』所収)

一九二四年三月に発表された「石鹸」では、魯迅は目の見えない老婆に寄り添う「物乞い」の若い女を「忠孝は人倫の根本」と言いつつも、若い女を囲んでからかった連中が「石鹸の二個も買ってきて、ごしごしからだじゅう磨いてみな、結構な上玉だぞ」と言った言葉を思い出して、「フフフッ、磨いてみなだと、ごしごしだと……ヒヒヒ……」と妄想する都会の知識人の偽善に満ちた姿を描いている。

「彷徨」の心情を投影した作品

・「酒楼にて」（一九二四年五月十日発表『彷徨』所収）

これらの作品を書いていた魯迅の心情は、同時期の「酒楼にて」に描かれた主人公の心情のなかに投影していたと思われる。この作品は、主人公が故郷を訪ね、そこにほど近い場所にあるかつて教員をしていたS市の食堂で偶然、会った同僚との食事風景を描いている。かつての同僚は、すっかり容貌が様変わりしていた。

「君は『子曰く、詩に云う』を教えているのか」、私は不審に思って尋ねた。

「むろんさ、ABCDでも教えていると思ったのか。はじめ生徒は二人で、一人は『詩経《しきょう》』、一人は『孟子《もうし》』だ。最近一人加わったが、女だから、『女児経』ってわけだ。算数さえ教えない。僕が教えないんじゃなくて、連中がいらないと言うのさ」

「君がそんなものを教えてるなんてねえ……」

「彼らの父親が読ませたがらせるのさ。僕は他人だから、いいもわるいもない。つまらぬことだ、いずれにせよ、たいしたことじゃない。ただ、いい加減にやっていくだけだ。……」

そして最後に二人の別れ際の情景が描かれていた。

「君はそれで暮らしは立てていけるのか」、私は席を立ちながら訊《き》いた。
「うん、毎月二十元になるが、かつかつやっていくのも楽じゃないね」
「それじゃ、将来どうするつもりなんだ」
「将来？　わからないな。いったい僕らが昔予想したことで一つでも思うようになったことがあるだろうか。僕は今、何もわからないし、明日、どうなるかもわからない。一分後のことだって……」

この作品は、かれの当時の寂寞の心情と無関係ではなかった。その寂寞の心情は、のちに旧詩「『彷徨』に題す」のなかで、つぎのように回顧されることになる。

寂寞たり　新文苑

平安なり　旧戦場
両間　一卒を余し
戟《ほこ》を荷《にな》いて　独り彷徨す

ここには、魯迅一人が戦場に取り残されていることによる「寂寞」の心情が描かれている。この旧詩の解説は、魯迅自身によって「のちに『新青年』の集団は散ってしまった。ある人間は出世し、ある人間は隠居し、ある人間は前進した。わたしは、同一戦線にいた仲間が、このように変化するものだということを、またもや経験した」(「『自選集』自序」)と語られていた。

魯迅は、二冊の創作集の書名が示すように「吶喊」し「彷徨」していたのである。しかしかれは、単に中国旧社会に対して吶喊し彷徨することだけに終始した作家ではなかった。かれは、中国小説史研究に没頭する古典文学者、海外の文学を翻訳紹介する翻訳家、中国社会を分析し批判する雑文家の姿を持つ作家であり、現実には中国社会の改革に積極的に関わっていた作家であった。

次章では、魯迅の日記を頼りに、そこに映し出された作家人生を見ることにする。

第二章　日記のなかの魯迅——映し出された作家人生

1 「魯迅日記」とは

魯迅の日記は、魯迅死去後にさまざまな形で公開され、中華人民共和国建国後は、『魯迅全集』が編集される過程で多くの注釈が付けられ、かれの生活を語る重要な資料となっている。日本でも一九八〇年代に学習研究社版『魯迅全集』が翻訳刊行されたが、そこには、原書の注にない日本人との交友関係等々を語る資料が訳者注として付けられている。

魯迅の生きた姿

『魯迅全集』によって読むことのできる魯迅の日記は、一九一二年五月五日にかれが中華民国臨時政府教育部の役人として採用され北京に着いた日から、一九三六年十月十七日を最後として、十八日は記載されることがなく十九日早朝に死去したことで終わっている。

しかし一九二二年の日記の一年分は、一九四一年十二月十五日早朝に日本の憲兵隊が許広平宅に踏み込み、彼女を逮捕した時に没収され、その後返却されなかった。そのため「魯迅日記」の欠落した一年は、魯迅の日本留学時代からの友人の許寿裳《きょじゅしょう》が魯迅の死後に魯迅年譜を執筆するために抜き書きしていたものによって補完されるしかなかった。

魯迅は、自分の日記について「私の目的は、ただ誰から手紙が来て、返事が必要だとか、いつ返事を出したかを記しておくだけのことだ。とりわけ学校の給料などは、何年何月分を何割何分もらったかなど、こまごましたはっきり覚えていられないものは、あとで調べるために、記帳が必要である」と語り、日記は「自分が読むために書く」」(「即座日記」)のであると説明している。この魯迅の説明は、かれが日記に「備忘録《びぼうろく》」としての役割をもたせていたことを示している。

こうして考えると「魯迅日記」は、その性格上、読み手に無味乾燥な印象を与える。しかし「魯迅日記」から、わたしたちは魯迅の生活情況を知ることができる。例えば、魯迅が克明に記している収入状況やかれの役人としての日常生活、健康面ではしばしば神経衰弱の症状が現れたり、肺結核の症状や歯痛、痔疾患に悩まされていたことなどである。また交際範囲が決して広いとは言えない北京時代の魯迅の交遊関係や専業作家となってからの印税収入、仕事上の通信を含めた記録は、魯迅の日常生活を教えてくれている。

つまり魯迅の日記は、魯迅像を語るのに決して無味乾燥なものでなく、むしろ魯迅の生きた姿を饒舌《じょうぜつ》に語る作品となっているのである。

それでは、魯迅の中華民国教育部の役人の時代、その後の厦門《アモイ》大学、中山大学の教員時代、そして上海での専業作家の時代の三つの時期に見られる魯迅の日々の姿を日記を通じて、時に同時期の書簡を交えて見ることにしよう。

2　中華民国教育部に奉職した魯迅

北京着任当初の生活

日記は冒頭で、一九一二年五月五日午後七時に北京に着いた魯迅が翌六日山会邑館《ゆうかん》に移った後、教育部に赴いたことを記している。この五月の日記からは、その後の魯迅の北京での生活が、おおむねどのようなものであったのかがわかる。

この時期の魯迅の生活は、「朝九時から午後四時半まで教育部で執務。終日枯座し、無聊《ぶりょう》のきわみなり」と感じるものであり、紹興に兵乱が発生したことを新聞で知り、二弟（周作人）に速達で家族の安否を尋ねるものの「二弟よりの手紙、待望するも来たらず」とやきもきした姿がみられる。

また北京到着後、同郷の人たちに迎えられ、その後の魯迅の交遊関係が形づくられていることを知ることもできる。さらに月末に「二弟より手紙、十四日付、十五日、上海に羽太《はぶと》兄弟を迎えに行く由。また三弟（周建人）より手紙。二弟の妻、十六日午後七時二十分、男子を出産、母子ともにきわめて元気とのこと、喜ぶべし」と家族に対する思いやりが語られていた。

日記は、さらにこの時期に琉璃廠《リウーリーチャン》の古書店で古書を買い集め、月末に「手当六十元を受けとる。晩、琉璃廠をぶらつく。『史略』一部二冊、八角、『李龍眠白猫九歌図』一帖十二枚、六角四分、

周家（1912年紹興）
前列右から羽太信子、魯端、羽太芳子　後列　周作人（右）、周建人（左）

『羅両峰鬼趣図』一部二冊、二元五角六分を買う」と記している。こうした古書の収集は、翌一三年三月には、「午後、書籍を整理する。すでに二つの書架にあふる。処理に困り、みずから笑歎す」る状況になるほど精力的に続けられていく。

魯迅の日記は、先に述べたように無味乾燥な記述が多いが、一九一七年頃まで日々の仕事や生活のなかで感じとっていたことがわずか数行であるが語られ、その感想はその後のかれの作品や雑文の世界と合致することがわかる。例えば、一二年の一年間の日記にそうした感想が集中しており、そこからはつぎのようなかれのため息が伝わってくる。

「国子監および学宮（孔子廟《びょう》）を視察し、古銅器十点および石鼓を見る。刻文の剝落《はくらく》激しく、うち一点えぐられ臼《うす》にさる。中国人の古物に対するや、およそかくのごとし」

「ゴーガンの著書（『ノア・ノア』）を読む、大いに楽し。他の印象派に関する書籍、ぜひとも読みたし」

「臨時教育会議、ついに美育を削除すと。この愚物ども憐れむべし、憐れむべし」

「午後、中国通俗教育研究会に行く、夕方、散会。当会、教育部に場を借りて設置され、中国と称するも、内実は江蘇の人間の運営なり、実に結構と言うべきか」

「午前、部の職員会に出る。范《ファン》総長の演説のみ。その言辞ははなはだ奇怪なり」

「七時三十分、月食、十分の一余欠けるを見る。人々、多くがかなだらいを叩《たた》きて元にもどさんとす。これ、南方になきものにして、北方人に比し賢明と見ゆるも、さにあらず。南方人、愛情枯渇《こかつ》し、月、真に天の犬に食わるるも、さらにこれを助くるに欲せざるなり。迷信、すでに失われたるにあらず」

日々の感慨

一九一二年の日記は、このように多岐にわたる魯迅の感想が語られる年であった。これに類した記述は、それ以降も数年間続いている。翌一三年二月には「午前、部に行く途次、車夫過《あやま》りて地面のゴム管を踏みつけるや、巡査らしき者および私服の者、三、四人かけ寄り車夫を乱打す。末世の人心みな野犬のごとし」という感慨も見られる。また魯迅の周辺に忍び寄っていた中華民国時代初期の政治状況は、十月になると魯迅の神経を痛めつけ、「夜、『石屏《せきへい》集』巻第三を写し終わる。計二十枚。写本のさい、頭くらみ手ふるえる。また神経を病《や》んだらしい。憂患のうちにおわらぬ日の一日とてなきこと哀《かな》しむべきなり」という社会を憂うる気持ちや不安を表していた。

日々の感慨の記述は、以後少なくなっていく。しかし不躾《ぶしつけ》な行動をとる青年に対して「その言はなはだ苛烈にして奇怪なり。今の青年の道理を知らぬこと、実に嘆くべきなり」と厳しい評価を与えたり、隣室の住人の訪問客が明け方まで騒ぐことに怒り「人間の品格の差たるや、はなはだしきものありというべきか。この者……紹興地方の人にあらず」と記していた。前者からは、魯迅の若者観や後者からは郷里と人に対し、格別の思いを抱いていたことがわかる。

良好でなかった健康状態

また一九一四年十一月の日記には、魯迅の夫婦関係について「午後、妻より手紙届く、二二日付丁家弄《テインチアロン》の朱宅発、でたらめもはなはだし」と記されている。この表現からは魯迅の妻朱安に対しての冷え冷えとした感情が伝わってくる。母親によって決められた婚姻は、結婚後も魯迅の心に妻への愛情が芽生えていなかったのである。魯迅は、結婚後すぐに日本に戻ってしまったことからわかるように、夫婦とは名ばかりのものであった。当時、朱安は紹興の彼女の実家に住んでいた。

日記にしばしば登場するのは、職場への行き帰りに利用していた人力車の車引きについてである。先の車引きが殴打《おうだ》されたことに加えて、「車夫の服が破れており、一元を与える」。「午後、部よりの帰途、財布を人力車におとす。車夫が届けてくれる。一元を与える」という記述がある。この時期に魯迅が下層社会の人々に向けていた眼差しが感じられる。

一九一七年以降、日々の生活を記した感想は少なくなる。そのなかで一月二十二日「午後、風。晩、許季上《シュチーシャン》来る、食物をくれる。旧暦大晦日《みそか》なり、夜、坐し碑文を写す。年の改まりし感慨、格別なし」の一文は第一創作集『吶喊』の「自序」に直接結び付くものとして注目できる。

魯迅の日々の生活は、同時にかれの健康状態を教えてくれている。「神経を病んでいる」と語る魯迅は、北京着直後に「数日前より咳。気管の病気かと、午前、池田医院に行く。心配なし、ただし神経衰弱には注意すべしと言わる」、「池田医院に行き、薬をもらう。気管支および胃に疾患あり、その他は良好という」と診断されていた。

魯迅の病状に関わる記述は、その後も先に引用した一九一三年十月一日の「写本のさい、頭くらみ手ふるえる。また神経を病んだらしい」と続いていく。さらに一六年七月の日記には、しばしば歯の治療や下血《げけつ》したことが書かれている。下血は、「痔《じ》おこり、ほとんど横になっている」と関連した症状かと思われる。

以上からわかるように魯迅の精神面を含めた健康状態は、けっして良好なものではなかった。それ以降も胃痛、さらに疲れによる欠勤が特に一九二〇年と二三年に集中し、二三年九月二四日に「咳、風邪か」と記された症状は「魯迅日記」の注によると「肺結核が再発したため」と解説されている。この時期に魯迅は、普通の食事がとれるようになるまで三九日間かかった。また二五年九月一日に「午前、山本医院に行く」。魯迅は、二三日に「昼すぎ、発熱、夜に至り高熱となる」。その結果、翌二六年一月までに二十三回、通院していた。

北京時代のそうした魯迅の病状は、かれの周囲の職場を含む社会環境に気を病むことに原因があった。例えば、一九一六年十一月の日記に「午前、陳師曾《チェンシーツォン》、印章をくれる、文字は『俟堂《スータン》』なり」と記されている。この文字は、魯迅が同僚の書画家陳師曾に印を彫ってもらう時に決めたもので、訳注によると「当時、教育部の長官が魯迅を排除しようとしており、それを静かに待つという意味をこめたものだという」ことであった。

「狂人日記」の主人公は、母方の従兄弟の阮久蓀《ルワンチウスン》をモデルにしているといわれている。阮久蓀の名は一九一五年八月三十一日に記され、翌一六年十月三十一日から十一月六日に至るまで阮久蓀の病状が悪化し、入院をさせ「駅まで連れていく。藍徳《ラントー》を付き添わせ、南へ帰す」ことの顚末《てんまつ》が書かれている。この時期、魯迅自身もいささか神経衰弱に罹《かか》っていたのである。

教育部での仕事

北京時代の日記から、魯迅の役人としての仕事ぶりと人間関係がわかる。日記に出てくる人物は、およそ教育部の同僚や同郷の友人である。香典や祝儀の金額の記載、家を購入した時に食事に招いた人たちの名前、金銭の借用の記録のなかにかれの人間関係が表れていた。

魯迅の教育部の仕事は、一九一七年頃までの日記には詳述されている。それ以降徐々に減り、記述の対象は各大学への出向や著述に関するものへと移っていく。従来のような教育部の仕事についての言及がないことは、教育部の給料の遅配等々の理由と関わっていたのであろう。

魯迅の教育部での最初の仕事は、一九一二年六月十日に「天津に行き、……夕方、広和楼へ新劇の視察」に出かけることから始まっている。そして同月、「午後四時より五時まで、夏期講習会にて『美術略論』を論ず」る仕事に就き、また「国子監および学営（孔子廟）を視察し」ている。そして魯迅は、八月二十二日に「朝、教育部の任命者名簿を見る。余、僉事《せんじ》となる」。

僉事という役職は、日記の原注によると臨時大総統が任命したものであり、当時の官制では、

「参事」「僉事」はすべて総長の推薦により、総統が任免したという。さらに数日後にかれは文化・芸術方面の事務を管轄する社会教育司第一科科長兼任を命じられていた。日記には、その任命は、十一月二日に「午前、袁総統の委任状を受けとる」と記されている。そして十二月二十六日に魯迅は「教育部員とともに袁総統と会い、教育に関する意見百余語を述べ、短時間で退出す」と書いていた。

魯迅の勤務態度は、勤勉であった。なによりも一九一三年十二月二十五日の日記に「教育部より僉事、主事をほぼ半数に減ずる通達あり」と書かれ、二十六日には「晩、ふたたび部より通達あり、余と協和《シエホー》、稲孫《タオスン》、ともに異動なし」と記されているからである。

魯迅の職務

さらに日記には、魯迅が一九一四年八月十八日に「昼まえ、総統通達を見るに、四等に進叙さる」、九月二十三日に「午後、文官審査合格証書を受けとる」、一五年二月二十三日には「五等嘉禾《かか》章（袁世凱が制定した勲章の等級、官職の等級に従ったもの）を受ける」とある。これらは、魯迅の文官等級と勲章等級が上がったことを意味し、これによって昇給していた。

この時期の魯迅の職務は、一九一二年八月二十八日に「稲孫、季市《チーフー》とともに国章案の作成を完了し、范総長に提出」することや、一七年八月七日に蔡元培から依頼されていた北京大学の校章の試案図を作製したことや一九一九年には、国歌制定に関わっていた。その他、図書館設立に関わる業務、学校視察、予算の作成、全国児童芸術展覧会の準備等に携わっていた。

そうした職務のなかで、一九一四年一月六日の「朝、教育部の小使い来る、熱河《ローホー》の文津閣書籍すでに北京に届くと告げ、部に出るをうながさる」の記述から始まる『四庫全書《しこ》』（清代乾隆帝の命によって編集され一七八一年に完成）との関わりは、二五年八月八日に瀋陽《しんよう》に移される前の点検作業まで続いていた。

これらの仕事のなかで日記には、しばしば孔子を祭る年二回の典礼について、記されている。一九一三年九月二十八日に孔子の誕生日についてつぎの記述があることは注目されよう。

> 日曜、休み、また孔子の誕生日という。昨日、汪総長、部員に対し、国子監に行き、かつ跪拝《きはい》すべしと。部員騒然たり。朝七時、これに行って見るに、来る者わずか三、四十人、ひざまずく者、立つ者、あるいは立ちて笑う者あり。銭念劬《チェンネンチユウ》かたわらより大声で罵る。やがて早々に事終わる。まことに笑止の沙汰なり。この一件、夏穂卿《シアスイチン》の差し金と聞く。陰険なること畏るべし。

一九一七年八月九日の日記

さらに一九一四年三月二日に魯迅は、「徐吉軒《シュチーシュアン》にともに国子監に行くことを求む。孔教会の者、丁祭を挙行するためなり。その振る舞い、はなはだしく古めかしく慨嘆するばかり」と述べていた。魯迅は、一五年三月十日「孔子廟に行き、祭礼の予行」をおこなって以降、年二回とり行われる儀式に勤勉に参加していた。

職務に勤勉であったにしても、魯迅は、この時代の政治状況に一度だけ憤り、教育部を辞職したことがあった。一九一七年七月三日「教育部に行き同僚に別れの挨拶」をしていたのである。この行動は、北洋軍閥の張勲《ちょうくん》の復辟《ふくへき》（清朝最後の皇帝溥儀《ふぎ》を推戴《すいたい》してその即位を図った）に憤ったことによるという。しかし復辟の失敗によって十九日に教育部に戻っていた。

魯迅は、こうした日々の仕事をこなすなかで、徐々に小説や雑感文を執筆するようになる。その第一歩は、一九一七年八月九日の日記に「午後、銭中季《チエンチュンチー》来談、夜半に至り帰る」の記述に見られ、銭中季つまり銭玄同《チエンシュワントン》の名前は、その後の日記に頻繁に出現することになる。

『新青年』との関わり

魯迅は、一九一八年一月二十三日に「季市《チーフー》に『新青年』一冊を送る。通俗図書館、斉寿山《チーショウシャン》、銭均夫《チエンチュンフー》に一冊ずつ贈る」と書き記している。魯迅がこの日から知人に『新青年』を贈り始めているのは、この頃の『新青年』に周作人の文章が掲載されていたことと関係していたようである。

こうした日記の記述は、魯迅に小説や雑感文を書かせる契機となったものが『新青年』であり、当時『新青年』の編集者の一人であった銭玄同であったことを明らかにしている。なによりも魯迅自身が『吶喊』自序でそれを語っていることからわかることではあるが。しかし日記は、「魯迅」

の筆名を初めて用いて執筆した「狂人日記」について記していない。この作品を掲載した『新青年』は、一九一八年六月十七日に「午前、季市に『新青年』および二弟の講義録一巻を送る」と記されていただけであった。

ここで注目すべきことは、『新青年』第四巻第四号に「随感録」欄が設けられてから魯迅が一九一八年九月より雑感文を投稿し始めていたことである。これ以降、当初日記に書き入れていた日々の感想は「随感録」欄に移ったと解釈できる。

では魯迅のこうした創作活動は、かれが日本留学時代に東京で始めていた被圧迫民族の国々の短編小説を翻訳し紹介した文学運動とどのような関係があるのであろうか。

東京で刊行した『域外小説集《いきがい》』については、魯迅は一九一二年八月十四日に「二弟より小包二つ、『域外小説集』第一、二各五冊なり、八日付。人に贈るため、余が二日に手紙で求めたものなり」と記し、十二月二十五日「『域外小説集』第一、二冊を夏穂卿《シアスイチン》先生に」贈っている。

その後、『域外小説集』について、一九一三年九月二十九日に「稲孫が中季の『域外小説集』を求める手紙を持参す」、さらに一七年五月十三日、「二弟の妻と三弟より手紙、九日付、また『域外小説集』十冊受けとる」と書かれていた。一九年十月二日に二冊が知人に贈呈され、二〇年六月頃に『新青年』の編集者陳望道《チェンワンタオ》から訳書『共産党宣言』を受けとった魯迅は、その返礼に『域外小説集』を贈っていた。その後、一九二一年に、『域外小説集』は、二十一篇を増補し再版している。

出現した文学者の姿

このように『域外小説集』の記述を日記からたどるならば、魯迅は東京で始めた文学運動を断念していたわけではなかったことがわかる。しかも「日記」には、一九一四年一月十六日に「二弟訳『木版画』出版のことにつき文明書局編集長と相談」という記述がある。『木版画』は、ポーランドの作家シェンキェヴィチの中編小説であり、周作人が日本留学中に英訳本から重訳したものである。さらに一七年五月七日には、東京の丸善からポーランド小説集、六月三十日に東京堂から『露国現代の思潮及び文学』、九月二十五日に丸善からチェーホフの英訳小説、十月二日に東京堂からドストエフスキーの小説三冊、十月十六日に丸善から『クープリン小説集』を購入している。

日記のこれらの記述は、東京で始めた文学運動を魯迅が継続していたことを教えてくれている。かれのこうした文学運動が雑誌『新青年』によって後押しされたことは、一九一八年七月二十九日「夜、銭玄同来る。『イプセン号』を持参」の記述からわかる。『新青年』はイプセンの特集号を組み、二一年十月に『小説月報』が「被圧迫民族の文学号」を出版していた時に魯迅は、二編の原稿を送っていた。

日記をたどるならば、魯迅の文学運動は復活していた。その復活は、魯迅が創作家として文壇に登場したということと『中国小説史略』を著す文学者としての姿を見せることになった。かれの書籍購入を記した「書帳」からわかるように魯迅は、中国の膨大な仏典、拓本を含む古書をもとめ、中国小説史の世界に入りながら、一方で西欧の文学作品を翻訳し紹介しつつ創作活動を始めたのである。

魯迅の小説と雑文の背景には、魯迅のこのような文学者の姿があったのである。生涯にわたり、中国小説史執筆に固執し、海外文学の翻訳紹介を試みる幾多の雑誌編集に従事し、さらに雑文による社会批評と論争の姿勢は、すでに魯迅の創作活動の出発点に観察できるものであった。

困窮した生活状況

ここで日記から、魯迅の生活状況について考察してみたい。魯迅は、一九一九年に紹興から北京に家族を呼び寄せるまで、家族への仕送りをおこなってきた。このことは、家長としての役割を果たしていたということであろう。こうした生活に関わる金銭は、北京時代の魯迅にとって、役人としての報酬によるものであり、二〇年頃から得ることになった幾つかの大学での講師手当であった。この時点では、創作活動から得る印税収入は確認することはできない。

魯迅の収入の推移は、教育部赴任当時の一九一二年五月に手当として六〇元が支給され、八月に月額の半分として百二十五元、十一月に二百二十元、一九一三年二月に二百四十元となる。しかし八月にその内訳は百七十元に七十元の公債券が支給されることになっていた。そして十一月の俸給から九割支給の二百十六元が続き、一四年八月に昇給し二百八十元になった。この時期、魯迅は公債や儲蓄票《ちょちくひょう》（財政部は財源確保のために報奨金つきの債権を一千万元発行していた）を買っていた。この金額は、微動があるものの一六年三月に三百元に昇給している。その後七月から一カ月分の遅配が生じ、この遅配は一時改善されたものの二十年になると恒常的になり、さらに数カ月に及び、支給された時も全額支給されなくなっていた。

このため一九二一年八月十五日になると、給与の欠配が五カ月に及んだことから教育部は全体会議を開き、就業拒否を決定し、十月二十四日に魯迅は「午後、午門《ウーメン》に給料要求に行く」のである。この記述は、教育部の部員が給与要求の行動を起こしたことを意味していた。給与欠配の原因は、北京の軍閥政府の財政が逼迫《ひっぱく》し、十月末までに軍事、行政各費用の負債額がおよそ一億四千万元に増大していたことにあった。

この時期、魯迅は同僚、友人からしばしば借金していた。かれはこうしたことを「午後、斉寿山に頼み、義興局より二百元を借りる」、「午後、大同号より二百元を借りる。利息月一分。斉寿山に三十元返す」というように記していた。斉寿山は、魯迅の職場の同僚であった。

その後、給与の遅配は、悪化し一九二三年八月十八日には、「午前、二月分俸給四元を受けとる。小使いに夏の手当としてこれを与える」と記され、二四年四月二十五日の日記に「昼すぎ、月中桂で上海競馬の馬券一枚、十一元を買う。午後、斉寿山より百元を借りる。去年四月の俸給三十元を受けとる」と記すまでに困窮していた。

こうした給与の遅配は、教育部だけに留まらず、教育界でも同じ状況が生じており、一九二一年三月十四日に北京教育界は給与支払い要求の同盟ストライキを始めていた。当然、魯迅の講師手当も同様に遅配されていた。魯迅のこうした生活の困窮は、書帳、つまり書籍購入金額の推移にも反映されていた。

一家の移転、紹興から北京へ

生活の困窮には、この当時もう一つの原因があった。それは家の購入資金やその後の兄弟の不和による新たな家の購入が大きな経済的負担になっていた。

魯迅は、教育部に赴任した一九一二年五月から宣武門外南半截胡同《ナンバンチエフートン》にあった山会邑館《ゆうかん》（紹興県館、紹興会館とも言う）を宿舎として生活していたが、一九年十一月二十一日に八道湾《パータオワン》に移る。この転居は、紹興から一家を呼び寄せるためのものであった。

日記によると家探しは、一九一九年二月十一日「斉寿山《チーショウサン》と報子街《パオツーチェ》に家を見に行くがすでに売済み」の記事から始まり、それ以降、頻繁に家探しの記述が表れ、その結果として八月十九日に「午前、浙江興業銀行に金を引き出しに行く。羅氏宅を取得す。晩、広和居にて契約。千七百五十元および仲介料百七十五元を支払う」と記されている。その後、家の改修がおこなわれ、十一月二十九日に「昼すぎ、大工に百七十五元とガラス代金四十元を支払う。家の改築これでほぼ終わる」のである。その間、十一月十三日に「午前、斉寿山に頼み、ある人より五百元借りる。利子一分三

山会邑館（紹興県館）

厘、期間三カ月なり。八道湾の家の水道敷設のため、工賃金八十元一角を支払う。水道管が陳宅を通るため、その通過料三十元を請求され、さらに仲介者より五元を請求さる」というように多額の費用がかかっていた。

魯迅と弟周作人

こうして魯迅は同年十二月一日に北京を出発し、紹興に里帰りをし、二十三日に紹興の実家の「家屋売却に署名」し家族とともに二十九日「午後、一同家に着く」のであった。一同とは、母親、妻朱安、三弟周建人、その日本人妻羽太《はぶと》芳子（周作人の妻の妹）、長女鞠子、二男豊二であった。

この時期に注目すべき出来事は、五月四日に北京で「五・四運動」が発生していたことである。しかし日記には、「日曜、休み。徐吉軒《シュチーシュアン》の父親の葬儀、午前、焼香に行く、香典三元。午後、孫福源《スンフーユアン》君来る。劉半農《リュウバンノン》来る、書籍二冊を渡す。丸善より届いたもの」と記されているだけであった。孫福源とは魯迅と親しい関係にあった北京大学学生の孫伏園であり、かれが当日の天安門前の日本との間に発生した山東問題をめぐる学生の集会と抗議デモの模様について語っていた。このように日記から見える魯迅の姿は、書籍の購入、手紙の記録、家探し等々の生活者の姿に過ぎない。なお徐吉軒は、教育部僉事の同僚で、劉半農はのちに北京大学教授を務めた人物である。

ここで周作人と魯迅の関係について考えてみなければならない。日記には、魯迅は周作人からの書簡と周作人宛の書簡に番号を書き入れていた。おそらく魯迅は、兄弟の通信文をなによりも大切にしていたためであろう。事実、魯迅は周作人と日本人妻羽太信子の実家にさまざまに金銭上の支援をしていた。

周作人は、日本留学から帰国した後、郷里の紹興で中学校の教員をしていたが、一九一七年四月一日「夜、二弟、紹興より来る。……書物を繙《ひもと》きつつ語りあい、夜半すぎようやく就寝」とあるように魯迅の宿舎である山会邑館に来た。この時から、周作人は単身で魯迅と同じ山会邑館を宿舎とし、北京大学に勤務することになる。周作人の就職は、蔡元培の推薦によるものであり、当初北京大学付設国史編纂《へんさん》処編纂員として勤務し、一八年二月から文科教授になっている。

突然の兄弟の不和

その後、魯迅は一九一七年七月二十六日に「二弟一家のため隣家の王氏宅四間を借り、三十三元を支払う」のである。そして二弟の家族は、八月十日に一時期東京に行っていた周作人とともに北京に着いた。周作人の家族とは、日本人妻信子、長男豊、長女謐《ヒツ》、二女蒙《モウ》、信子の弟重久であった。その後、一九年十一月二十一日「午前、二弟の家族とともに八道湾の家に転居」し、魯迅は、紹興に家族を迎えに旅立った。

こうして魯迅は、北京に一家を構えることになる。しかし魯迅と弟の周作人の関係は、突然崩壊する。魯迅の日記をたどるならば、兄弟の不和は一九二三年七月十四日「今晩より自室で食事をすることにし、自ら料理一種を用意する。これは特記すべきことなり」、十九日「午前、啓孟《チーモン》（周作人）自ら手紙を持参す。あとで呼んで尋ねようとするが来ず」と記されているのみである。その手紙は、つぎのように書かれていた。

魯迅先生。わたしは昨日はじめて知りました。――しかし、過ぎ去ったことをいまさら問題にする必要はないでしょう。わたしはクリスチャンではありませんが、なんとかこれを受けとめて耐えていくことはできそうですし、非難するつもりもありません。――みんなかわいそうな人間なのです。わたしがいだいたバラの夢は、やはりなにもかも幻影でした。いま眼前にあるものが、ほんとうの人生なのかもしれません。わたしは自分の思想を訂正して、あらためて新しい生活に入ろうと思っています。今後は裏の部屋の方にお出でにならないでください。ただ、それだけです。どうか落ち着いて自重《じちょう》されますように。

魯迅は、その後二十六日「午前、磚塔胡同《チュワンターフートン》に家を見に行く。午後、書籍の整理」、二十九日「終日、書籍を箱につめる。夜、終わる」。そして八月二日に「午後、妻をともない磚塔胡同六十一号に転居」した。

不和の謎

魯迅は、それ以前、周作人が一九二一年三月二十九日に山本医院に肋膜炎で入院し、六月になると香山《シャンサン》の碧雲山《ビイユンサン》に静養し、九月二十一日に家に戻るまで、献身的に看護し、七百元に及ぶ医療費を友人から借りていた。

こうした兄弟の情が崩れた原因は、これまで当事者本人がなにも語ることがなかったことで、すべてが推測に終わっている。その原因は一貫して「周作人の妻羽太信子が間に入ってそそのかしたことなど」となっていて、周家の家計を握っていた羽太信子の浪費癖が結び付けられ語られてきている。

このような推論は、およそ魯迅の「神格化」と周作人のかつての日本軍部に協力した戦争犯罪人の影が払拭されない限り、永久に続いていくと考えられる。しかし近年、別の見解が存在することが明らかになっている。その見解とは、周作人と周作人没後にかれの子息周豊一氏と通信していた香港の文人の鮑耀明氏が公開した周豊一の日本語で書かれた通信文にある。そこでは、周兄弟の不和に関して、つぎのような見解が書かれているのである。

一九八九年二月二十三日付

魯迅宛手紙の内容は、大兄にのみお報せ申し上げます。私にとってこれは従来なかったことです。

「わたしは昨日はじめて知りました」は北京八道湾奥庭の私達が住んでいた部屋の日本間《一間だけ　外の一間は「磚《せん》地」（煉瓦《れんが》の地面　著者注）》、私の舅々《ジュウジュウ》（おじ）羽太重久にその目で見られた「兄」（魯迅）が弟嫁（羽太信子）と畳の上で抱き合ったところを、あまりの驚きでした。それを翌日に弟（周作人）に斯く話した訳で、「わたしは昨日はじめて知りました」とはこの出来事を指しているのです。実は、兄弟（魯迅と周作人）二人留学中に貧しい家に生まれた長女の信子（羽太）は兄弟二人が貸家をとったところに手伝い女中として働きに来て、兄と関係したが、故郷に既に結婚して来た兄にしては、二度目の婚約は元より出来ず、従って弟に紹介して結婚させた訳です。弟（周作人）の方は、ずっと事がばれるまで、知らずままでした。

「過ぎ去ったこと」の一句は留学時代、兄と弟の奥様になった女の肉体関係を指しているのです。

従って、「誰も非難するつもりもありません」の誰は、当事者の両方を指しています。

「みんな」は自分を含めた三人（魯迅、周作人、羽太信子）の事だと思います。

「落ち着いて」はそれ以上追及しないから「安心せよ」、「自重されますように」は以後慎むべしと忠告する意味です。この一句、大兄理解された通りです（鮑耀明「或る中国人の手紙と句作——北京通信　一九八三〜一九九七年」『魯迅　海外の中国人研究者が語る人間像』小山三郎・鮑耀明監修、明石書店、二〇一一年）。

そして周豊一は、「女が悪いとか、（兄弟喧嘩《けんか》は女の挑発によるとか）皆がわいわい云っているが、本当の原因は不当な男女関係から出た当然の結果であると私は信じています」、「今『兄』（魯迅）の方を神様に見なされていて、神なら過《あやま》ちを犯す筈がない、必ず『弟』（周作人）の方か、或は『弟嫁』（羽太信子）の挑発によって、『弟』がそれを信じて『兄』と喧嘩し出したのだと一般社会に認められているのです。真実を知っている人もいるでせうが、打ち明けても何の役にも立ちません」と語っている。

この見解は、周家の身内の証言であることを考えると、周作人一家のなかで語られてきていたものと考えられよう。

一九二四年六月十一日の日記

魯迅と周作人の関係は、一九二四年六月十一日の日記につぎのように記されて終わる。

午後、八道湾宅に本と日用雑貨を取りに行く。西廂房に入ろうとすると啓孟（周作人）およびその妻が突然とび出し、罵倒投打におよび、さらに電話で重久、および張鳳挙《チャンフォンチュ》、徐耀辰《シュヤオチェン》を呼び、その妻、皆に向かい余の罪状を述べたてる。口ぎたない言葉を弄《ろう》し、およそ捏造《ねつぞう》もはなはだし。そこで啓孟これを正し、ようやく、書籍、日用品を持ち出す。

北京魯迅故居

事の真相を究明することは、不可能なことであろうが、魯迅は、

成熟期を迎えた創作活動

この出来事の直後に家を探し、一九二三年十月三十日に「昼すぎ、楊仲和《ヤンチュンホー》、李慎斉《リーシェンチャイ》来る。ともに阜成門《フーチョンメン》内三条胡同に家を見に行く、二十一番地の六部屋の中古住宅の購入を決める。価格を八百元と取り決め、改修箇所の点検と測量を終え、手付金十元を支払う」。そして二四年五月二十五日に「朝、西三条胡同の新居に転居」した。

この資金は、同僚の斉寿山と日本留学時代から親交がある同僚の許季市から四百元ずつ借りて支払われたという。また入居までの間に、一九二四年一月十五日「左官屋の李徳海《リートーハイ》と西三条の家の改築契約を結ぶ、工賃千二十元」と記されているように多額の費用を必要とし、実際には購入費を加え二千

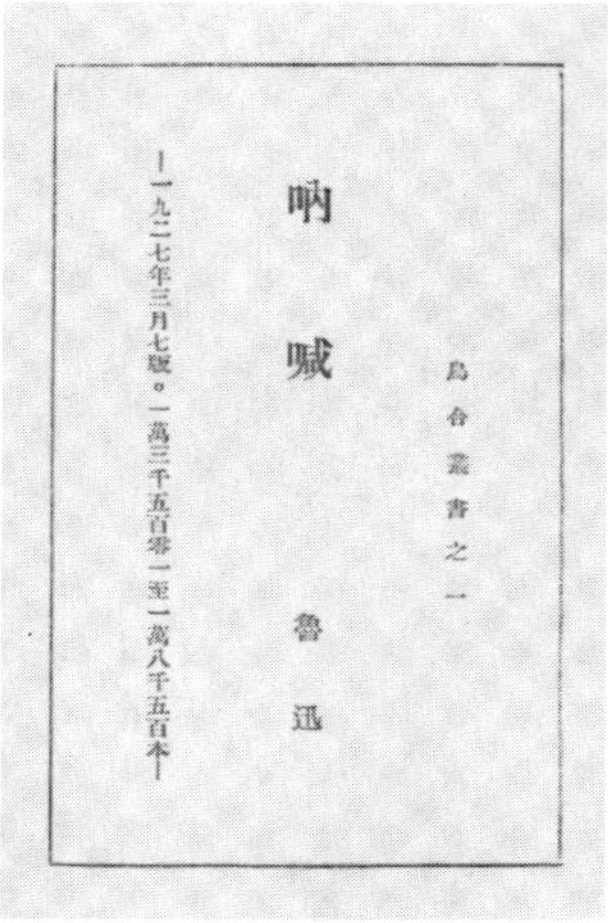

『吶喊』の扉

九十二元七角二分五厘を費やした。

魯迅は生活面でこのように困窮していたが、この時期の創作活動は、成熟期を迎えていた。小説の創作では一九一九年から二三年まで第一創作集『吶喊』の諸篇が書かれ、そのなかの作品「狂人日記」「孔乙己」「薬」が山会邑館（紹興会館）で、「明日」以降八篇が転居した八道湾の住居で書かれた。

そして一九二四年から二六年まで第二創作集『彷徨』の諸篇が書かれ、特に二四年には集中して「祝福」「酒楼にて」「幸福な家庭」「石鹼」が執筆された。それと並行し雑感集『熱風』、『墳』に集められる雑感文が書かれ、『或る青年の夢』『労働者シュヴィリョフ』『エロシェンコ童話集』『現代日本小説集』が翻訳刊行されている。

同時に魯迅の関心は、中国小説史研究に向けられていた。魯迅は、一九二〇年から北京大学等々の大学で「中国小説史」を担当し、その時の教材をまとめた『中国小説史略』を刊行している。二一年の日記から魯迅と胡適との通信が始まり、二三年から二四年にかけてお互いに資料を提供し合い、意見を交換していたことがわかる。

文壇での地位の確立

魯迅の作家活動は、四十歳代半ばに全開した。この段階で魯迅は、『吶喊』自序のなかに日本留学時代から始まる二十歳代後半からの文学の足跡を語っていた。なによりも作家としての地位の確立は、「阿Q正伝」が仏語訳、英語訳、ロシア語訳、日本語訳として海外に紹介されるようになったことや二六年七月に『吶喊』が通算、一万五百冊に達したことによっても理解できるであろう。

『吶喊』は、一九二三年八月に初版二千冊が刊行されたが、刊行時に魯迅は出版元の新潮社に印刷費二百元を貸与していた。一九二六年以降、刊行冊数は急激に伸び、二七年三月、七版で通算一万八千五百冊、三〇年七月には十四版で通算四万八千五百冊に達していた。

魯迅の作品世界からは、中国文化の因習の重荷を背負う作家の姿が見てとれる。それはかれの幼少年期の体験によるものであり、里帰りした紹興のなんら変化のない社会に対面した時の体験であり、家長として経済的困窮を甘んじて受け入れている姿であった。兄弟の不和も突き詰めれば、魯迅の意思とは無関係におこなわれた結婚生活に原因があったのかも知れない。魯迅は、この時期、自分を取り囲むそうした中国社会の暗黒を作品世界に昇華し、文壇に地位を確立した作家であった。

そうした主題を鮮烈に表した作品世界を構築した魯迅が、内面の世界から現実社会に鋭く対峙《たいじ》することになった事件は、魯迅が講師として「中国小説史」を担当していた北京女子師範大学での紛争であった。日記は、かれがこの紛争で大学当局と衝突した学生の側に立ち、積極的に支援していたことを記している。そしてこの紛争により、教育部僉事を免職させられ、裁判の結果、復職したことや、続いて一九二六年の三・一八事件で教え子が犠牲になったことに憤り、事件と関わりがないにもかかわらず逮捕令が出されたことは、魯迅を現実社会に結びつける直接の契機となっていた。

北京女子師範大学事件への関与

北京女子師範大学の事件への魯迅の関与は、一九二四年五月二十一日の日記に「晩、女子高等師範学校の騒動で、学生より手紙で調停を依頼さる」という記述から始まる。二月末に米国留学帰りの楊蔭楡《ヤンインユイ》が許寿裳《きょじゅしょう》の後任として校長に就任してから、学校運営と教育方針をめぐり校長と教員の間で騒動は、発生した。教育方針に反対する教員十五人が四月に連名で辞職を宣言し、さらに十一月になると校長排斥運動を強める事件となっていた。ことの発端は、夏休みに帰省した三人の学生が軍閥戦争の江浙戦争の余波を受け、秋の始業式に戻れなくなり二カ月以上欠席したとして除籍処分にされたことにあった。

こうした状況のなかで、魯迅は一九二五年三月十一日に国文科の三年生で魯迅の講義を受けていた許広平《きょこうへい》から不安を訴える手紙を受けとるのである。この時、許広平は学生自治会幹部であり、この騒動の渦中にいた。のちに『両地書』として刊行される魯迅と許広平との通信は、ここから始まる。そしてこの手紙が魯迅にこの騒動に大きな関心を持たせることになったのである。なによりもこの時期の日記には、五月十二日から「午後、女子師範大学の会議に行く」という記述が頻繁に登

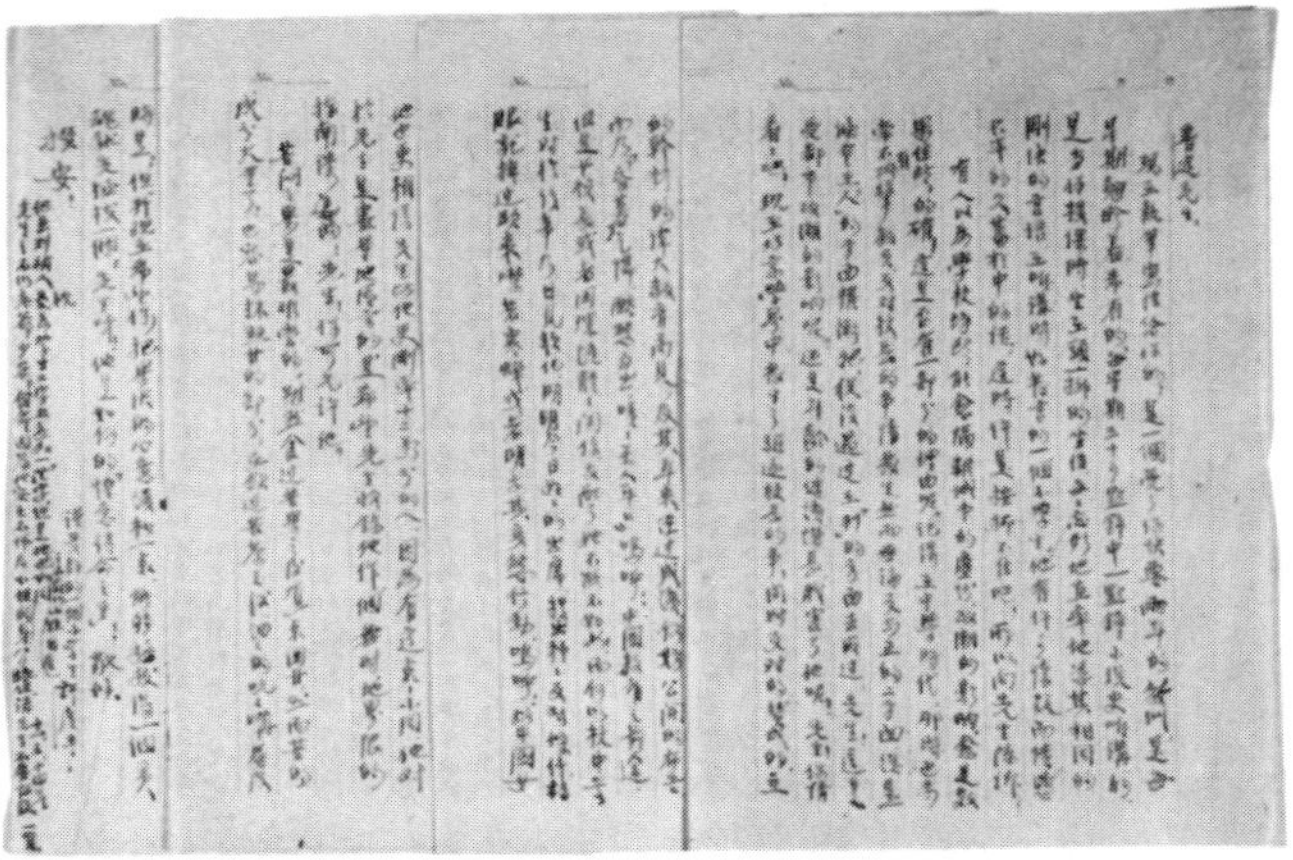

許広平から魯迅宛の最初の書簡

場するからである。特に五月十二日は、七日の「国恥記念日」（一九一五年、日本が袁世凱に二十一カ条要求をつきつけた日）の集会をめぐって大学側と学生自治会が対立し、学生自治会の学生の除籍が発表されたことに対して学生の全体緊急会議が開催され、除籍が無効であることが宣言された日であった。除籍された学生には、許広平も含まれていた。

魯迅は、こうした学生の行動を支持し、教育部に上呈文を起草し、五月二十七日の『京報』に学生を支持する「北京女子師範大学騒動に対する宣言」を書いている。この記事には魯迅のほかに北京大学教授で北京女子師範大学講師の馬裕《マーユー》藻《ツアオ》、同じく沈尹默《シエンインモー》、北京女子師範大学歴史地理系主任の李《リー》泰棻《タイフエン》、北京大学教授の銭玄同、北京大学講師の沈兼士《シエンチエンシー》、北京大学教授の周作人が署名していた。

しかし魯迅の行動は、八月十四日「余の免職発令さる」状況を生み出すことになった。この発令は、教育総長章士釗《チャンシーチャオ》が魯迅の教育部僉事職の免職申請を出し、執政の段祺瑞《だんきずい》が承認したことを意味していた。これに対し、魯迅はその直後、三十一日に「午前、平政院に訴訟費三十元を納めに行き、章士釗を告訴す」る行動に出た。平政院とは、原注によると「行政訴訟だけを処理する機構」と解説され、「八月二十二日、魯迅は、平政院に章士釗が違法に彼の教育部僉事職を免職にしたことを告発し、この日平政院の通知に従い訴訟費を納めに行った」と述べられている。

その後、十月十三日の日記には、「平政院より通知、すぐ手紙を添え、紫佩《ツーペイ》に届ける」と書かれている。この通知は、「この日、平政院は章士釗の答弁書の写しを送り、魯迅に五日以内に返答するように求めた」ものである。そして翌一九二六年三月十七日魯迅は、「平政院に裁決書送付費一元を渡しに行く」。この一連の経緯を原注では、「平政院の裁決書はこの月の二十三日に下達され、章士釗が『免職処分を申請したことは違法であり、取り消されるべきである』と布告した。三十一日、国務院総理賈徳輝《チアトーヤオ》は、教育部にこれを執行するよう『訓令』した」と説明されている。しかし二十六日、魯迅は、「教育部より俸給三元ちょうどを受けとる」と日記に記しているように、免職処分が取り消されても俸給は滞り、一九二六年一年間の教育部からの収入は、わずか五六九元に過ぎなかった。この時期の印税・原稿料は、一一二二元となり、前年の三一五元から大幅に増大しているが、年間の収入四一七二元は、八月以降厦門大学からの月四百元の給与が大半を占めていた。

北京女子師範大学の紛争は、北京の不安定な政局が影響を及ぼしながら、終息に向かった。

欧米留学組との確執

袁世凱の死去後の政局は混乱し、北洋軍閥は直（直隷）、皖（安徽）、奉（奉天）の三派に分かれ、一九二〇年に直・皖戦争、二一年に湘（湖南）・鄂《がく》（湖北）戦争、二四年に江（江蘇）・浙（浙江）戦争を引き起こし、各軍閥は帝国主義列強と組み勢力拡大を図り、混戦を続けていた。

一九二五年十一月三十日に魯迅は「午後、季市来る。ともに女子師範大学教育維持会に行き、学生の学校復帰につきそう」。またこの日に発表された学生の復校宣言は、十二月二日の『京報』に掲載されていた。

北京女子師範大学の出来事が魯迅にもたらしたのは、校長である楊蔭楡らの欧米留学組に対する魯迅の嫌悪感にあった。魯迅の嫌悪感がいつから発生したのかは、はっきりしないが、一九二四年十月三日に魯迅が雑文「わたしの失恋」を魯迅の学生であった孫伏園の編集する『晨報副刊』に送ったところ、代理総編集者が孫伏園の不在中に無断で没にした出来事があったという。このことで孫伏園は、晨報社をとび出すことになり、以後、『晨報副刊』は、徐志摩《じょしま》らによって編集されることになる。この出来事から『現代評論』に関係する陳西瀅《チェンシーイン》、新月社のメンバーで作家の梁実秋《りょうじつしゅう》、同じく詩人の徐志摩ら欧米留学組との確執が生まれていたと解釈する見解もある。この確執は、以後、魯迅の行動に大きな影を投げかけることになる。

さらに魯迅を現実の政治に関与させたのは、一九二六年三月十八日に北京で発生した三・一八事件であった。この事件は、軍閥戦争に介入していた列強八カ国が連合し、段祺瑞《だんきずい》政府に四十八時間以内に軍事行動を中止するように「最後通牒」を出したことに対する抗議集会と国務院に向けての請願デモに軍警が発砲し、多数の死傷者を出す出来事であった。その犠牲者のなかに魯迅の教え子の劉和珍《リウホーチエン》と楊徳群《ヤントーチユン》も含まれていた。魯迅はこの日に惨状を聞き、「民国以来もっとも暗黒な日」と書き記し、周囲の人々に激しい怒りを表していた。そして魯迅は、二十五日に北京女子師範大学の教員、学生が開いた劉和珍と楊徳群の追悼会に身の危険を顧みることなく参加した。

しかしこの事件直後に段祺瑞政府が逮捕令を出す五十人のなかに魯迅が含まれていると『京報』が掲載したことで、かれは莽原社、山本医院に身を潜め、四月八日に自宅に帰るまで不自由な生活を強いられることになった。とは言え、実際は魯迅は大学の講義に行ったり、精力的に文筆活動をおこなっていた。

北京から厦門へ

このように三・一八事件は、魯迅の生活に大きな変化をもたらすものになったが、ここで八月十九日に「辛島《からしま》（驍《たかし》）君来る」の記述に注意しなければならない。なぜならば、魯迅はこの時に東京大学の学生であった辛島を食事に引きとめて、三・一八事件について語っていたからである。この時、魯迅は、「話の途中で、腰かけからすくっと立ち上がると」、学生群を指揮する人物の恰好を実演しながら、学生に号令し純粋な学生を銃口に向かって突撃させたことを激しく非難したという。さらに魯迅は、「彼ら自身は決してその先頭にたって胸を銃丸に向けようとしない。横からただ号令するだけ」の中国の指導者に対する怒りを「目に涙さえ浮かべて私の顔を凝視した」という。

魯迅の憤りは、三・一八事件、つまり単に段祺瑞政府の暴力に向けただけではなかった。

三・一八事件による避難に続き、魯迅は、その一週間後の四月十五日から二十三日まで徳国医院に、二十六日から法国医院へ退避し、五月二日に自宅に戻っている。この避難は、奉天系軍閥の張《ちょう》作霖《さくりん》が北京郊外に達し北京の政治情勢が緊迫したことによっていた。実際に二十六日に進歩的ジャーナリストが奉天系軍閥に殺害されていた。

軍閥が激しく対立する政治情勢のなかにいた魯迅は、七月二十八日に「午後、兼士を訪ね、厦門《アモイ》大学よりの給料四百元、旅費百元を受けとる」。厦門大学行きは、女子師範大学教務長兼文系教授の林語堂《りんごどう》が厦門大学の文科主任兼国学院秘書として転出したことと関係していた。林語堂は、厦門大学に移ってから魯迅を文科国文系教授兼国学研究院研究教授として招聘したのである。

こうして魯迅は、八月二十六日に北京を離れ、上海を経由し、九月四日に厦門に到着し、翌一九二七年一月十六日に広州に行くまでの四カ月余りを厦門で過ごすことになった。

3　北京から厦門、そして広州へ

厦門大学での生活

魯迅は、上海に着いた翌日の八月三十日に作家、政治評論家の鄭振鐸《ていしんたく》から夕食の招待状をもらい、その席で詩人の劉大白《リウターパイ》、翻訳家であり編集者の夏丏尊《かべんそん》、学者の陳望道《チェンワンタオ》、作家の沈雁冰《しんがんひょう》（茅盾《ぼうじゅん》）、胡愈之《こゆし》、朱自清《しゅじせい》、葉聖陶《ようせいとう》、開明書店の編集者の王伯祥《ワンポーシアン》、歴史学者の周予同《チョウユートン》、開明書店創業者の章雪村《チャンシュエツン》、開明書店編集者の劉勲宇《リウシュンユー》、上海立達学園教師の劉叔琴《リウシュチン》ら上海の作家たちの歓迎を受けていた。魯迅はここで、通信のやり取りはあったが沈雁冰と初めて会った。また、陳望道、朱自清、葉聖陶とも初対面であった。

厦門行きには、郷里に戻る許広平が上海まで同行していた。魯迅は、九月二日、上海を出航し、四日厦門に到着する。一方、許広平は同じ日の朝、上海から出航し郷里の広州に向かい、母校の広東女子師範学校の訓育主任兼舎監の職に就いた。のちに『両地書』第二集往復書簡（厦門〜広州一九二六年九月より二七年一月まで）として刊行される通信文は、五日から始まる。なお往復書簡第一集は、北京女子師範大学の紛争の最中に交わされていた通信文である。

厦門大学での魯迅の生活は、『両地書』第二集往復書簡に詳しく語られているが、赴任当初、共同生活を強いられたり、食事をするのも不便であった。この地では、衣食住の面で決して居心地のいい生活を送っていたわけではなかった。契約の給与は、遅滞なく支払われたものの、いわば孤島に身をおくことになった魯迅は、書物を購入するにも不便を感じていた。

さらに赴任当初から魯迅を憤らせたのは、校長の林文慶《リンウェンチン》が学生に文語体で文章を書くように指導していたことや十二月十二日に平民学校成立大会でおこなった西欧帰りの教授の講演の内容であった。

この時、西欧帰りの教授は「この学校が有益なのは、たとえば下男が字を知っていれば手紙を間違えずに届けられ、主人も気にいって使ってくれる……」と発言していたという。魯迅は、この発言に腹をたて、中途で退席した。魯迅は「ここに学ぶ者は金銭において貧しいのであり、聡明さと知恵においてではない」と語ったという。

厦門から広東へ

魯迅の示した態度は、一九三〇年に魯迅と新月派の梁実秋が論争をした時、文学の読者に大衆を除外した梁実秋に憤った魯迅の発言のなかに表れているものである。つまり魯迅は、厦門大学の西欧帰りの教授たちに当初から反感をもっていた。その反感は、より直接的に同僚の歴史学者の顧頡剛《こけつごう》個人に向けられていた。魯迅は、同じく北京から厦門に来たかれらのグループが厦門大学に勢力を拡大し、陰険なやり方で魯迅を排斥しようとしていると考えたのである。

そのような状況のなかで魯迅は、十一月十一日に「午前、中山大学より招聘状と李遇安《リーユーアン》の手紙を受けとる」。そして十二月三十一日、魯迅は、「厦門大学の一切の職務を辞す」。

こうした魯迅の行動は、大学当局が魯迅の赴任条件であった『古小説鈎沈《こうちん》』の刊行（魯迅の生前に刊行されなかった）を拒んだことにあるという。また先の魯迅の孤島での生活環境、さらに顧頡剛たちに向けた嫌悪感が存在していた。

当地の新聞『民鐘日報』は、魯迅が辞任したのは魯迅派と胡適派との相互排除によると伝えていた。このことについて魯迅は、一九二七年一月八日、「午後、鼓浪嶼《クーランユー》の民鐘日報社に行き、李碩果《リーシュオクオ》（『民鐘日報』責任者）、陳昌標《チェンチャンピアオ》（副刊編集者）および社員三、四人と会う。しばらくして語堂、矛《マオ》塵《チェン》、顧頡剛、陳万里《チェンワンリー》（厦門大学講師）も来る。ともに洞天に行き夕食」と記している。魯迅らのこうした行動は、新聞社を批判するというよりも両派の対立のため魯迅が厦門を去るというデマが事実無根であることを明確にしようとしたものと考えられている。

魯迅は許広平宛の書簡で、連日、送別会が開かれて、学校が大騒ぎになっていると伝えている。その翌日に魯迅は、民鐘日報社に行っている。『両地書』のなかで顧頡剛らに対する嫌悪感を如実に表していた魯迅は、大学を去る時に表面上、そうした感情を抑えていた。

魯迅は、こうして一九二七年一月十六日昼、厦門を発ち、十八日昼すぎ、広州黄埔《ホワンプー》に着き、晩に許広平を訪ねている。許広平は、この時、広東女子師範学校から転出し、兄嫁の家に住んでいた。魯迅は、中山大学赴任当初、大学の大鐘楼に住んでいた。しかし、来客が多く仕事に障害があるために、三月二十九日に許広平、日本留学時から親交があり、魯迅が中山大学に推薦していた許寿裳とともに「白雲路白雲楼二十六号二階」に転居し、許寿裳は六月五日まで、魯迅たちは九月二十七日までここを住居としていた。

大学に着任した魯迅を迎えたのは、一月二十五日の中山大学学生会の歓迎会であった。魯迅は、ここで約二十分の講演をおこない、「自分はいかなる戦士でも革命家でもない、もしそうであるならば北京や厦門で戦うべきで、革命後方の広州に来たことが戦士でない証拠だ」と述べ、若者たちの魯迅に対する過大な期待に釘をさした。魯迅は、二月十日に「文学系主任兼教務主任に任命され、第一回教務会議を開く」。

この時期の魯迅は、多忙な生活を送ることになった。二月に香港に行き、「声なき中国」「古い歌はもう歌い終わった」をテーマに二つの講演をおこなっている。また二月二十日の日記に「成仿吾《せいほうご》より手紙」の記述があることは、創造社となんらかの関係が始まっていたものと考えられる。さらに一月二十四日に中国共産党中山大学総支部書記兼文科支部書記の徐文雅《シュウエンヤー》が魯迅を訪問し、翌月に創刊直後の機関誌『何ゆえに』を贈っていた。

第一次国共合作の崩壊

広東の政治情勢は、四月に入り、大きな変化を生じる。四月十二日に上海で蔣介石《しょうかいせき》が反共クーデターを発動し、多くの労働者を逮捕する手段に出たからである。これによって国共合作は崩壊し、国民政府の共産主義者への弾圧が始まった。

この時期の中国国民党と中国共産党との関係を考えるには、一九二一年にさかのぼることが必要である。中国共産党は、一九二一年に上海の租界で成立している。ロシア革命に対する中国知識人の共鳴や一九一九年にレーニンが創設したコミンテルンの指導が共産党の設立を促していた。二四年になると孫文《そんぶん》は、国民党を改組し、ソ連と提携し共産党とも協力し、第一次の国共合作がおこなわれた。孫文は、労働者、農民を支援する「連ソ・容共・扶助工農」の方針下、国共合作を宣言したのである。

一九二五年に孫文は病死するが、二六年国民党の蔣介石総司令官のもとで国民革命軍が全国の軍閥打倒と中国の統一を目指し、北伐《ほくばつ》（〜二八年）を開始し、二七年春になると南京、上海に入城した。

この間、北伐の進展は、各地の労働者、農民運動を発展させ、そこに共産党の指導力が浸透し、上海では大規模なゼネストや租界地の回収がおこなわれるに至った。こうした事態に直面した蔣介石は、外国勢力からの軍事的介入を恐れ、また大財閥の支持のもと、四月一二日未明に上海でクーデターを起こして労働運動を弾圧したのである。そして南京に国民政府が樹立した後、蔣介石の国民革命軍は、一九二八年北京に入城し、中国の統一をほぼ完成させた。
こうした状況下で発生した四・一二クーデータの余波は、十五日に広州に達し、中山大学でも同日早朝に武装警察が学内に入り、数十人の学生が逮捕された。

中山大学を辞任する

この事態に直面した魯迅は、十五日「中山大学の緊急各科主任会議に行き、十六日「午後、逮捕された学生慰問のために十元寄付」していた。かれは、緊急各科主任会議で自ら議長となり、逮捕された学生に対し学校側は責任を持つべきであることを主張したが、表立って魯迅を支持する者がいなかった。

魯迅は、同四月二十一日に中山大学を辞職する。辞職の理由が国民党の学生逮捕に関わる大学側の方針に異議を唱えたものかどうかは、この時期の日記や書簡から確認できない。魯迅が語るには、顧頡剛が四月十八日に魯迅の後を追うように中山大学に移ってきたことにあるという。確かに魯迅は、それ以前に中山大学が顧頡剛を招聘しようとしていることを聞いた時に「彼が来るなら自分は辞める」と語っていた。案の定、その後、魯迅と顧頡剛の間に生じていた問題について孫伏園《そんふくえん》が五月十一日の『中央日報』副刊「中央副刊」に魯迅の孫伏園宛の手紙を公開したところ、七月二十四日にそれを読んだ顧頡剛は「二人の矛盾は筆や口で明らかになるものではなく九月中に広州に帰るので裁判によって決着をつけよう」と魯迅に伝えていた。魯迅の孫伏園宛の手紙には、顧頡剛が中山大学に就職してきたことによって、かれが中山大学を辞職したことが告げられていた。

また顧頡剛は八月三十一日に魯迅に「しばらく広州を離れず、審理をお待ちください」と手紙を出していた。魯迅の中山大学辞任には、厦門大学以来続いていた顧頡剛らとの感情面を含め相対立した人間関係が作用していた。

中山大学の時期の魯迅は、四月八日に「晩、修人《シウレン》、宿荷《スーホー》迎えに来る、黄埔政治学校に行き、講演」している。この時の講演は、「革命時代の文学」と題するものであった。もう一回は、七月十日に広州市教育局が魯迅に依頼した夏期学術講演会で二十三日と二十六日におこなった「魏晋《ぎしん》の風気および文章と、薬および酒の関係」であった。後者は、広州市長、教育局長が開会式で反共演説をおこなっている状況のなかでおこなわれていた。

魏晋の時代を語る

講演の内容は、魏晋の時代を語ったものであった。魯迅はこの講演について魯迅に師事していた章廷謙《チャンティンチエン》宛七月十七日付書簡に「この振る舞いはどうせ遊びにすぎません。これは鼻（顧頡剛のことを指す）のやからが聞いて喜ばないことだからです。鼻のやからにまたしても幾晩か寝つけなくさせてやる。これがわたしには大儲けの商売なのです」と語っていた。ここにも顧頡剛に対する魯迅の憤慨が見られる。八月五日に「市教育局に講演原稿を送る」と日記にある。この講演原稿とは「魏晋の風気および文章と、薬および酒の関係」であった。

魯迅のこの講演は、かれの中国古典文学研究成果の一部であった。この講演には時代と文章の関係、為政者と文人の関係が語られ、その見解の根底に現代社会に通じる中国社会を考察するかれの視点が存在している。

八月十一日の日記には、「広平と前鑑街《チエンカンチエ》の警察四区分署に行き、転居証明を受けとる」と記されている。この記載からは、六月に香港の新聞に魯迅が共産党員の弾圧を逃れて広州から漢口に逃げ出したとデマが流れた以外には、九月二十七日に許広平とともに広州を発つまで、かれは決して政治的な危険人物とみなされていたわけではないことがわかる。魯迅は、広州を去る二カ月前に「明日から『唐宋伝奇集』にとりかかります」と語り、上海に行くか北京に戻るかを決めかねていた。

4　上海での専業作家の時代

上海に到着した魯迅

一九二七年九月二十七日に広州を離れ、上海に向かった魯迅は、専業作家として生計の道を選ぶのか、これまでのように大学の教員となる道を選ぶのか、二つの道が両立しないことを認めつつ前者を選んだ。魯迅の迷いは、厦門時代に許広平宛の

内山書店（北四川路）

書簡で語られている。また上海にいつまで留まるのかも定かではなかった。しかしこれまでの生活と異なることは、許広平との同居生活が始まったことであった。

　十月三日に上海に到着し、八日に景雲里二十三号に移った魯迅は、内山書店に顔を出したり、当時流行していた米国等の輸入映画を観たり、さらに十一月に幾つかの大学で講演をおこなったりしている。こうした生活のなかで魯迅に大きな転機をもたらす出来事が起こる。その転機とは、十一月九日の日記に「鄭伯奇《チョンポーチー》、蔣光慈《チアンクアンツー》、段可情《トワンコーチン》来る」と記されていることである。鄭伯奇ら創造社、太陽社の文学団体のメンバーたちの訪問は、かれらが『創造週報』を復刊し、魯迅と連合することを提案するものであった。魯迅は、この時、大いに賛成し『創造週報』の復刊を要望したという。魯迅の創造社への関心は、広州を発つ前の九月二十四日に「創造社に行き」購入した書籍のなかに『創造月刊』があったことから推測できる。

　もう一つの出来事は、十二月十八日に「晩、大学院の招聘状と今月分の給料三百元を受けとる」

ことであった。大学院は、一九二七年十月に南京で成立した国民政府の最高教育、学術機関であり、魯迅は院長の蔡元培の推薦により、特約著述員となり、月三百元の給与を三一年十二月末まで支給されていた。当時の国立大学の教授の給与が四百元、私立の復旦大学の教授の給与が二百元程度であったことを考えると、この給与が魯迅の専業作家としての生活を安定させ、特約著述員の立場は魯迅に中国小説史の研究を継続させる契機となっていた。

ここで再び、日記の記載から魯迅の収入を算出してみるならば、一九二七年の総収入の概算は、三千七百七十元、内訳は大学の給与二千九百元、北新書局の印税五百元、その他の印税七十元、国民政府（大学院）三百元であり、月平均三百十四元となっている。二八年の総収入の概算は、五千六百七十一元、内訳は国民政府（大学院）三千三百元、北新書局の印税二千三十元、その他の印税三百四十一元であり、月平均四百七十二元となっている。北新書局の印税が増大しているのは、『吶喊』が版を重ねていることによるものと考えられる。

革命文学論争に巻き込まれる

魯迅の新たな生活はこのようにして始まった。その生活のなかで一九二八年四月二日に「達夫より招かれ陶楽春で飲む、広平とともに行く。（作家の）国木田君および夫人、（詩人の）金子、（画家の）宇留川、内山君同席、酒一瓶持ち帰る」。この時期には、郁達夫《いくたっぷ》、内山書店店主内山完造、内山の紹介による日本から上海に訪れていた文人との交友関係が始まっていた。
また九月二十六日に馮雪峰《ふうせつぽう》からの手紙、二十七日の日記に「夜、皆を中有天に招き夕食、柔石《じゅうせき》、方仁《ファンレン》、三弟（周建人）、広平も招く」と記されているが、ここに朝花社を結成していた柔石らの名前があることから、魯迅は生涯最も信頼した作家、文芸評論家の馮雪峰、柔石とこの時期に知り合っていた。

魯迅は、上海で専業作家として出発することになった。しかし魯迅にとって作家としての大きな転機となった出来事は、魯迅を標的にした創造社同人たちが引き起こした革命文学論争であった。この論争は、魯迅と協力関係を結ぼうとしていた創造社の同人たちが、魯迅、郁達夫たちを激しく批判することから始まった。この時、魯迅らを批判したのは、日本から帰国した若き創造社の同人李初梨《リーチュリー》、馮乃超《フォンナイチャオ》、朱鏡我《チュジンウオ》、彭康《ポンカン》らであり、かれらは成仿吾を加えて、当時、日本で流行していたプロレタリア文学運動を中国に導入しようとし、プロレタリア作家の立場から、魯迅らに現実の革命から落伍したブルジョア作家のレッテルを貼ったのである。

この時、魯迅を批判した創造社同人たちが中国共産党党員作家であったことは、この論争が中国共産党によって発動されたものである可能性が高いことを示している。しかし論争の終結が中国共産党の上層部からの指示によるものであったことが、一九八〇年代に刊行された当時の論争の当事者の回想録からわかるようには、論争の発動が中国共産党の上層部からの指示であったのかについてはっきりとした証拠は見出せない。

論争は、決して双方に有意義な結論を導き出したわけではなかった。なぜならば、論争の終結は、魯迅を尊重し、魯迅を盟主に迎える左翼作家連盟の結成を実現する方向に向けられたからである。このことは、一見文学論争に見える論争に隠れて、中国共産党の政治的決着が図られたことを意味していた。これまでの魯迅は、しばしば講演で文学と革命を語りながらも直接的に政治に関与している形跡はなかった。しかしこの文学論争では、魯迅は中国共産党に近づき政治に巻き込まれることになったのである。

左翼作家連盟の盟主になる　この時期の日記には、革命文学論争に巻き込まれていた記述は見当たらない。むしろこの時期の書簡集に魯迅の心境が生々しく語られている。この論争によって、魯迅は、一九二八年頃から内山書店で多くのプロレタリア文学に関わる文学作品、理論書を購入し、それらを翻訳し始めていることがわかる。例えば、魯迅は二月一日に内山書店で『階級意識とは何ぞや』を一冊買い求めている。この時期、創造社は一月に『文化批判』を創刊し「新しい無産階級の文学」を主張し魯迅を攻撃していた。それに対し魯迅は、そうした批判に答え、二十八日に「『酔眼』中の朦朧《もうろう》」を書いてかれらに反論し、二月二十七日に買い求めた『露国共産党の文芸政策』の訳文を六月に『奔流』に連載をしていた。

魯迅のこうした行動は、創造社に強制されることで無産階級文学とその理論に接したことによる。強制されたとは、魯迅自身が語っていることであるが、この論争が契機になり、一九三〇年に中国共産党が組織した秘密組織である中国左翼作家連盟に盟主として迎えられることになった。この時、論争は中国共産党の政治路線によって決着がつき、論争相手が魯迅に譲歩したことで魯迅と和解していたのであった。中国で刊行されている現代文学史は魯迅がこの論争を通じて、中国共産党に近づき、かれをプロレタリア文学運動を指導する人物として評価している。

国民党と共産党の対立

ここで、国共合作崩壊後の中国共産党の動向について見ておきたい。蔣介石《しょうかいせき》の反共クーデターは、都市の労働運動を壊滅的な状況に導き、中国共産党の組織に大きな打撃を与えた。その政治責任は、当時の書記であった陳独秀《ちんどくしゅう》の指導に帰せられ、二七年十一月に李立三《りりつさん》が中央政治局・同常務委員兼宣伝部長になると三十年六月に急進的な政策である「新たな革命の高潮と一省または数省の首先勝利」決議が党内で採択されることになる。この決議によって各地域の党支部にゼネストのための行動委員会が組織された。左翼作家連盟は、この時期の共産党の政策の一翼を担うなかで結成されたものであった。この時期の魯迅の文壇での名声は、中国共産党にとり世論の支持を得るために必要とされていたのである。

李立三路線は、予期していた革命の高潮に至らず短命に終わり、李立三は九月政治局を退く。この繰り返される党内の指導者の交代劇には、モスクワのコミンテルンからの指令が存在していた。一方、都市部での労働運動を重視する動きとは別に、一九三〇年代に入ると毛沢東らは農村に根拠地を建設し、土地革命を進めながら勢力を伸ばしつつあった。三一年に江西省瑞金《ずいきん》に毛沢東を主席とする中華ソビエト共和国臨時政府を樹立した。これに対し蔣介石は、革命根拠地を殲滅《せんめつ》することに全力を傾け、三〇年代初頭の中国国内は激しい内戦が繰り広げられることになった。

こうした政治の流れからわかるように左翼作家連盟は、中国共産党内の李立三の指導で成立し、政治路線の一翼を担い、国民政府の打倒を目指し一般大衆を動員する意図をもつ政治的団体であった。

では左翼作家連盟に加わった魯迅は、どのように作家の姿を変えたのであろうか。それともかれの文学姿勢には、何ら変化がなかったのであろうか。後者は、論争を通じて魯迅が論争者に譲歩したという形跡がないことから生じる疑問である。

変化しない文学姿勢

ここで魯迅のこの当時の発言に注意を向けてみなければならない。

魯迅は、一九二九年五月十三日に母親の病気見舞いのため、六月五日まで北京に戻っている。そして北京滞在中の五月二十九日に未名社同人との夕食の席上で「マルクス主義はとてもわかりやすい哲学で、いままでわからないでいたこともこれによってはっきりした。本当の革命文学をうちたてるには、なによりも実践生活が大切だ」と語っていた。

また魯迅は、六月二日に北京大学第二師範学院で講演をした時に、女性問題について「経済的自立も必要だが、根本的には社会制度を改めなければならない」という主旨の話をしていた。さらにその晩に第一師範学院で「北平（一九二八年南京国民政府が成立して以後、北京は北平と改められた）に来たのはまったく個人的な事情によるものだから、まとまった考えを準備していないと前置きし、一九二六年の夏に北平を脱出したあと、新月派、太陽社などと自分の関わりを述べ、本来の革命文学家は革命の事実が証明してくれるものであって、レッテルを貼ってすむものではない」と語っていた。

魯迅の発言は、かれが革命文学論争の渦中にいたことを考えれば、革命文学者への批判に従来の魯迅の文学観が反映しているものと考えられる。同時に「根本的には社会制度を改めなければならない」と発言した魯迅は、『彷徨』の作品群に存在していた中国社会に虐《しいた》げられてきていた女性の置かれた立場に解答の糸口を発見していたと解釈できる。

魯迅の発言を見るならば、革命文学論争が魯迅に与えた影響がどこにあったのか、かれの文学に変化を生じさせたものと変化を生じさせなかったものの存在が理解できる。変化を与えたものが魯迅に左翼作家連盟に参加を促す契機になり、変化していない文学観が革命文学を提唱した党員作家への痛烈な批判となっていた。

中国文学史研究の方法論

さらに魯迅の文学を語る場合、かれが「中国小説史略」を完成させることに情熱を注いでいたことは無視できない。広州から上海に移る時に、専業作家として生計の道を得ることを選択したものの、大学院の特約著述員に採用されたことは、生活面のみならず、かれが断念することのできない中国小説史研究に道を開いていた。こうして「革命作家」になった魯迅は、これまでの中国小説史研究の見解に修正を加えたのであろうか。

魯迅は、一九二九年八月にドイツに発ち、その後現地からさまざまに資料を魯迅に提供していた徐詩荃《シュスチュアン》に「ドイツの大学には唯物史観に基づく文学史の講義はあるのか」と問い合わせていた。この問いは、魯迅にこれまでのかれの文学史研究の方法に疑問を投げかけていたと解釈できるものであろうか。しかし魯迅は、それ以降もかれの文学史の見解に修正を加えていなかった。

魯迅の著作『中国小説史略』を振り返ってみるならば、一九二三年十二月に上冊、二四年六月に下冊が出ている。先に述べたようにこの頃は、北京大学教授の胡適と頻繁に通信し、文学史に関わる意見を交換していた時期であった。その後、二六年八月以降、東京帝国大学教授の塩谷温と通信が始まり、二八年二月十八日に内山書店で会っている。そして三〇年十一月二十日に改訂作業を始め、三一年九月十五日「改訂版『中国小説史略』二十冊を受けとる」のである。この改訂版は、「主な改訂個所は、第十四、十五、二十篇で、塩谷温が日本で発見した新資料に基づいておこなわれた」ものであり、「唯物史観に基づく文学史」ではなかった。

中国小説史へのこだわり　魯迅は、一九三二年十一月に北京師範大学で講演した時、「可能なら来年また北平に来て図書館を使い中国文学史を編んでみたい」と語り、十二月十九日に『中国小説史略』に関わる翻訳について直接教えを得、日本で翻訳刊行を準備していた中国文学者の増田渉からの質問に答えている。魯迅の中国小説史研究へのこだわりは、その後も続き三六年七月九日に魯迅の病気見舞いに来ていた増田渉に中国小説史の構想を語っていた。その時、かれは唐代までの構想を語り、「あとは、とても自分が生きているうちに書けそうもない、せめてこれだけ書いておきたい、とベッドの上で言った」(増田渉著『魯迅の印象』、角川書店、一九七〇年)という。魯迅が亡くなる三カ月前であることを考えれば、ここには中国小説史研究への並々ならぬ執着を感じさせるものがある。

上海の日々の生活

上海時代の魯迅の生活状況についてみてみよう。ここでも日記は、単純ではあるが日々の生活を窺わせる記述が記載されている。先に述べたように魯迅の人間関係は、上海到着後に築かれていた。内山書店で書籍を購入したり、内山書店店主を通じて、上海を訪れていた日本人の作家と交流し、時に好きな海外の映画を観賞したりしていた。少なくともこのような生活状況は、魯迅の晩年を通じて観察できる。この時期のかれの生活を支えていたのは、著述による印税であり、一九三一年末までは大学院の特約著述員で得る給与であり、それらの収入が北京の家族の生活費、書籍代と自分たちの生活費になっていた。当時、魯迅は一カ月の経費が四百元であると増田渉に語っていた。

この時期、魯迅が文壇で認められる作家となっていたことを示すものは、かれの作品が海外で翻訳紹介されていたことでもわかる。魯迅は、一九二八年五月二十七日に「故郷」を掲載した『大調和』を贈られ、十月にドイツ語訳「阿Q正伝」刊行についての相談を受け、二九年七月三日にはロシア語訳「阿Q正伝」を贈られている。その後、かれは内山書店で、三一年九月二十一日に支那浪人の松浦珪三の訳『阿Q正伝』、十月十九日に新聞記者の山上正義訳『阿Q正伝』を入手している。

北新書局の未払いの印税

かれの作品が多くの読者に受け入れられていたことを示すのは、かれの印税収入の記載である。かれが得た印税の額は、日記に記されている。一九三二年当時良友図書公司は「一般的に印税は定価の十五パーセントだったが、魯迅の著作に関しては二十パーセント」支払っていた。

この印税をめぐって、一九二九年七月から八月にかけて北新書局の経営者李小峰《リーシャオフォン》が資金を流用し長い間『奔流』の執筆者への原稿料を支払わず、魯迅に支払うべき印税も未払いのため、弁護士をたてて裁判へと持ち込もうとする出来事が発生した。結局、郁達夫らが調停に入り、和解が成立したが、この時に弁護士を通じて魯迅に四期に分けて支払われた金額は、十二月二十三日に総額八千二百五十六元余であった。

その後も北新書局からの印税は弁護士を通じて支払われ、一九三〇年三月に千元、六月に千百八十元、九月に七百四十元、同じく九月十七日に七百六十元を受けとり、「いまだ五月分なり」と記している。ここからわかることは、魯迅の作品に多くの読者がついていたという事実である。魯迅は、革命文学論争を通じてかれの作品の売れ行きに変化がなかったと語っている。魯迅は、作品の売れ行きからかれの文学を支持する読者の存在を確信していた。

出現した若い作家たち

この時期においても魯迅は、それ以前の北京時代、厦門、広州時代から引き続き雑誌の編集を精力的におこなっていた。その仕事は、一九二八年三月六日「晩、王映霞《ワンインシア》、郁達夫来る」の記述に始まる。二人の訪問が六月二十二日「午前、小峰より手紙および『北新』『語絲《ごし》』『奔流』を受けとる」へと結びつくのである。この日記の二日前に刊行された『奔流』は、魯迅が上海で初めて編集した文芸誌であった。また十二月十六日の日記に『朝華』の名前が出現する。この雑誌は、十一月頃柔石、崔真吾《ツイチエンウー》、王方仁ら若者と魯迅が設立した朝花社が刊行した北欧、東欧の文学、外国の版画を紹介するものであった。朝花社は、その後、『朝花週刊』『芸苑朝華』『蕗谷虹児《ふきやこうじ》画選』『ビアズリー画選』を刊行した。これらの雑誌にすでに魯迅の海外の版画に向けた関心の高さを見出すことができる。

ほぼ同じ頃、十二月九日に柔石と馮雪峰が魯迅宅を訪ね「科学的芸術論叢書」刊行の相談をしていた。この叢書は、翌一九二九年に水沫書店から刊行されるが、魯迅はプレハーノフ著『芸術論』、ルナチャルスキー著『文芸と批評』、蔵原・外村編『文芸政策』を翻訳していた。

魯迅のこのような仕事は、魯迅の周囲にかれらが信頼を寄せる若い作家が集まっていることを意味している。柔石と馮雪峰は、魯迅が家族ぐるみで付き合った若い作家であり、かれらが共産党員であったことからも、魯迅が中国共産党に近づく動機になっていたものと考えられる。かれらは、魯迅が革命文学論争の渦中にいた時に魯迅の前に出現していたことを考えると、創造社の革命文学者とは違った存在であった。

『芸苑朝華　新俄画選』（第一期・第五輯）の表紙

左翼作家連盟への厳しい認識　左翼作家連盟成立前後の魯迅の行動は、より直接的に政治活動に関与した形跡がみられる。一九三〇年二月十三日の日記に「フラ

ルナチャルスキー著・魯迅訳
『文芸与批評』の表紙

ンス教会堂に行く」と記した魯迅は、当日、中国自由運動大同盟成立大会に出席し、発起人の一人になり、その結果、国民党浙江省《せっこうしょう》党機関が国民党中央に魯迅の逮捕の申請をおこなったのである。この逮捕申請には、二八年七月十七日に魯迅が『語絲《ごし》』週刊に復旦《ふくたん》大学学生の徐詩荃の「復旦大学を語る」を掲載したことがその背景にあった。この文章の内容が復旦大学出身の浙江省党部委員に憎まれたのである。

この出来事は、魯迅にとって予期せぬことであった。しかし逮捕の申請が出されたことは、政治的に危険視されたことにつながっていた。こうした状況のなかで魯迅は、一九三〇年二月十六日に上海新文学運動者の討論会に出席し、かれが主席団の一人となった左翼作家連盟は、三月二日に中華芸術大学で結成された。主席団には、劇作家の沈端先《しんたんせん》（夏衍《かえん》）、太陽社の銭杏邨《せんきょうそん》の二人がいた。また常務委員、候補委員は、革命文学論争で魯迅と激しく対立した党員作家たちであった。

魯迅は、この時期に三月九日中華芸術大学、十三日大夏大学、十九日中国公学分院で講演をしている。また十七日に泰東書局と左翼作家連盟の刊行物について協議し、雑誌名を『世界文化』とすることに決定した。四月十一日には神州国光社からソ連の文学を紹介する「現代文芸叢書」の刊行が決められ、八月六日に夏期文芸講習会で文芸理論に関する講演をおこなっていた。

魯迅のこれらの活動は、左翼作家連盟のかれの活動であった。しかし魯迅が左翼作家連盟でおこなった講演「左翼作家連盟に対する意見」には、革命文学者に対する論争時と同様の厳しい認識がみられ、この時期の章廷謙宛書簡には参加していた革命文学者を「茄子《なすび》の花の色」をしていると形容していた。この表現は、俗語で役立たずという意味合いがあるという。

中国左翼作家連盟会址記念館

魯迅の文学活動は日記で探っても、左翼作家連盟の結成によって大きく変化していた形跡を見出すことはできない。魯迅は、革命文学論争時に多くのプロレタリア文学の資料を購入し続け、ドイツの女性版画家のケーテ・コルヴィッツの画集の購入、日本の浮世絵版画名作集を買い求め、木版画の重要性について語り、十月に内山完造と版画展覧会を開催している。

魯迅の左翼作家連盟での役割は、中国共産党党員作家の示した政治的行動と完全に一致していたわけではなかった。この事実は、五月七日にかれが党中央宣伝部長李立三《りりつさん》と会見した時、李立三が「自分の路線を支持してくれるよう魯迅に頼んだ。魯迅は、革命は長期にわたるもので、持久戦が必要だとして李立三の要請を断った」姿勢に示されている。日記には、当日のことを「雪峰とともに爵禄《ジュエルー》飯店に行く」と記されている。この会見には、魯迅が左翼作家連盟で期待されていた政治的役割がどのようなものかが明らかにされている。しかし魯迅は、李立三の要請、つまり党からの間接的な指令を断っていた。かれは、あくまで党外にいる作家であった。

消えない不信感

こうした魯迅の行動を考えれば、左翼作家連盟は魯迅を「盟主」に迎えながらも、かれは党員作家とは異質な行動をとっていたことがわかる。この事実を端的に表したのが一九三一年七月二十日に夏期学校で魯迅がおこなった講演「上海文芸の一瞥《いちべつ》」である。この講演で魯迅は、三年前の革命文学論争の時に魯迅を批判した作家、歴史家の郭沫若《かくまつじゃく》たち創造社同人のプロレタリア文学観を再び批判していた。そしてこの講演の当日の夜に「『イヴの日記』の書写を終わる」と記している。魯迅がこの作品を翻訳した動機は、「マーク・トウェインのユーモアの中に哀しさ、諷刺があるのは生活に甘んじていないからだ」と述べた評価にあった。この評価は、林語堂らが提唱した小品文運動への徹底した批判につながるものであり、同時に革命文学論者が現実の生活から離脱したところにいると認識していたことに結びついている。

梁実秋との論争

その一方で魯迅が示した文学観は、左翼文学運動に対抗し国民政府の側から提唱された民族主義文学を役所の文章のようなものと断定したのである。また一九三〇年一月二十四日の日記に「午後、雑評一篇を書き終わる。一万一千字、『萌芽』に投稿するもの」と記されている。この雑評一篇は、「『硬訳』と『文学の階級性』」であり、国民政府に近い政治的立場にいた新月派の梁実秋が魯迅のプロレタリア文学理論の訳文を「死語」と揶揄《やゆ》し、プロレタリア文学の存在を疑問視したことに対して魯迅が反論したものであった。

魯迅と梁実秋の論争は、革命文学論争が収束し、左翼作家連盟が結成する時期に発生していた。この時期に注目するならば、論争には魯迅のプロレタリア文学の解釈が明確になっていると考えられる。この論争の根底には、先に述べた一九二六年十二月十二日に平民学校成立大会での西欧帰りの教授の講演に嫌悪感を示していた魯迅の姿があった。

一九二七年時の魯迅の発言は、三〇年の新月社のメンバーの梁実秋への批判のなかにも出現しており、魯迅と梁実秋の論争には、大衆は読者の対象となりうると考える立場と大衆は読者となりえないと考える相交わることのない文学観が存在していた。この論争の過程で重要なことは、魯迅が梁実秋のプロレタリア文学批判が成り立たないと批判した時、同時にかれが革命文学者のプロレタリア文学観をも批判していたことにあった。

左翼作家連盟は、魯迅と革命文学者の文学観の違いを棚上げし、中国共産党の政治路線のなかで秘密裏に結成されたものであった。一九三〇年九月十三日の日記に「左連に五十元寄付、学校に六十元を貸す」と記されている。学校とは左連と関連する現代学術講習所である。また十七日、「友人がオランダ・レストランにて余の五十歳を祝ってくれる。晩、広平とともに（一人息子の）海嬰《ハイイン》をともない出席す、同席者二十二人」と記されている。魯迅の誕生日は、左連の指導者によって祝われた。このことは、結成間もない左翼作家連盟と魯迅の関係を語るものである。

政治との距離

魯迅と国民政府の関係をみてみることにしよう。

魯迅と梁実秋の論争の背景には、国民政府の言論抑圧に抗議する魯迅の姿が浮かび上がっている。この点では、国民党に近い立場にいた梁実秋も同様であったが、魯迅が梁実秋を嫌った原因には、新月派が国民政府に意見を提示する「諍友《そうゆう》という立場」にいたことにあった。魯迅は、あくまで作家が政治から距離をおく独立した態度を示すべきと考えていた。しかし左連に参加したことで魯迅がこの時期に中国共産党に近づいていたことは疑いの余地はない。魯迅のこの矛盾とも思える行動は、かれが政治世界に入るという意識から出たものではなく、あくまでかれが理想として思い描いた文学運動を、左翼作家連盟を通じておこなっていく姿勢をもっていた、と解釈することで説明できるであろう。

魯迅は、一九二七年十二月十八日に大学院の特約著述員として月額三百元を支給され、三一年末まで続いていた。魯迅は、特約著述員の立場が解除された時、これまでなんら学術的業績を出せないでいたのだから仕方のないことであると語っていた。中国共産党の組織した左翼作家連盟の指導者の魯迅は、国民政府の教育機関から研究費をもらうことになんら疑問をもっていなかった。しかも魯迅は、中国共産党党内の路線をめぐる闘争になんら関与することはなかった。ここでも魯迅が中共党員ではなく、あくまで党外の人物として存在していたことを示している。

梁実秋（左）と胡適（1959年6月）

党外にいた魯迅

魯迅が党外の人物であることは、つぎの出来事からわかる。柔石が一九三一年一月十七日に租界《そかい》警察に東方飯店での会議中に二十数名とともに逮捕され、国民党当局によって二月七日に銃殺された事件である。柔石は、二九年二月十日の旧暦の元旦に夜半まで魯迅宅に招かれるほどに家族と親しく付き合いのできる人物であった。魯迅は、かれが逮捕され、銃殺されたことに激しく怒り、国民党を批判した。

しかし近年明らかにされた資料は、東方飯店での会議が党内の路線をめぐる会議であり、かれらは敵対する一派の密告によって租界警察に逮捕され、国民党当局に引き渡されていたことを明らかにしている。密告という手段で党内の敵を自らが手を汚さずに消し去ったということである。この時期、魯迅は柔石が銃殺されたことを日本の新聞で知った。この事実は、魯迅は柔石が逮捕された経緯を知らなかったということである。魯迅と左連の関係は、このようなものであった。

この事件を契機にして魯迅は、国民党当局を激しく憎悪する。また国民党の検閲も厳しく実施されていた。その厳しさは、一九三一年より親交のあった中国文学者の増田渉宛の一九三三年十一月十三日付書簡のなかで「私の一切の作品古いものと新しいものを問わず皆秘密に禁止されて郵便局で没収されて居ります。僕一家族を餓死させる計画らしい」と語っていたことからわかる。同じ時期に魯迅は、役人と出版業界が宴会を開き、自己検閲をしている実態を明らかにしている。国民政府は、三〇年十月に出版法を制定してから、三一年十月に出版法施行細則、三二年一月に宣伝品審査規準を設けていた。

左翼作家連盟結成から一九三四年頃までは、左連組織内において魯迅と指導者の間に大きな摩擦が生じていた形跡はない。この時期、魯迅の身辺に馮雪峰、作家、翻訳家の瞿秋白《くしゅうはく》という信頼できる共産党員がいたのである。馮雪峰は、柔石と親しい関係にあったことから、柔石の紹介により二八年十二月から親交が結ばれ、瞿秋白との交友は、三二年九月一日の日記に「昼まえ、広平とともに海嬰をともない何夫妻（瞿秋白、楊之華《ヤンチーホア》夫妻）を訪ね、昼食を馳走《ちそう》になる」と記されたことからわかる。十二月十一日には魯迅がかれらを自宅に夕食に招待している。このように二人の間には、家族ぐるみの関係が結ばれていた。この時、瞿秋白は馮雪峰の知人の家に住み、ソビエト文学作品の翻訳をおこなっていた。

さらに一九三二年十月に刊行された『二心集』は、銭杏邨が合衆書店に紹介したものであった。

魯迅一家（1933年９月13日上海）

また魯迅は、三二年十月十六日に左連の中心的メンバーの周揚《しゅうよう》より『文学月報』二冊を贈られ、三三年二月三日に周揚へ『竪琴』二冊を贈り、三三年六月十一日に周揚から『新ロシア文学の中の男と女』を贈られている。

政治的色彩の強い社会活動

こうして魯迅は、左翼作家連盟を通じて中国共産党と関係を保っていく。この時期の魯迅の政治的色彩の強い社会活動は、一九三三年一月六日に「三弟（周建人）を誘い、ともに中央研究院の人権保障同盟幹事会に行く」という記述に見られる。十七日には人権保障同盟上海分会設立大会に出席し、執行委員に選ばれる。この時の執行委員は、孫文夫人の宋慶齢《そうけいれい》、蔡元培、中央研究院副院長の楊杏仏《ようきょうふつ》、出版人の鄒韜奮《すうとうふん》、作家の胡愈之《こゆし》、林語堂、米国人アイザックス、陳彬龢《チェンビンホー》であった。この組織の活動は、国民党の白色テロに反対し、一月十六日にコミンテルン中国駐在工作員のニューラン夫妻の救出（一九三一年六月、上海で逮捕され、「民国危害罪」に問われていた）、三月十日に廖承志《りょうしょうし》の救出について協議している。さらに四月二十六日には弁護士を南京に派遣し、逮捕者を法に基づいて救うことを依頼し、五月十三日に、宋慶齢、蔡元培、楊杏仏と魯迅がヒットラー、ナチスの人権蹂躙《じゅうりん》、文化破壊に抗議するためにドイツ領事館に抗議書を提出している。人権保障同盟は、三月三日に北平分会主席の胡適《こせき》を除名しているように、必ずしも会員内の歩調があっていたわけではなかった。しかし魯迅は、積極的に活動をおこなっていた。この活動は、三二年春から魯迅と親しい許欽文《シュチンウェン》、孔另境《クンリンチン》、台静農《たいせいのう》ら青年作家らが逮捕、拘留されていたことにかりたてられたものと考えられている。

人権保障同盟の活動は、六月十八日に国民党特務による楊杏仏の暗殺を招くことになる。魯迅は、暗殺の対象となっているという噂が流されていたなかで、二十日に楊杏仏の葬儀に参列した。

魯迅がこの時期に身の危険を感じていたことは、七月十二日の山本初枝、増田渉宛の書簡のなかに語られている。この時かれは、内山書店にも行かなくなっていた。この頃、内山書店の日本スパイ説が流されていたからである。

暗殺の危険

ここで魯迅は、なぜ暗殺されなかったのか、という疑問が残る。許広平は、「敵はまったく私たちの住所を知らなかったわけではなかった」と語っている。この問題は、かつて魯迅が大学院の特約著述員に就いた時に教育部のある人物が周樹人は魯迅であることを蔣介石に告げたところ、蔣介石は魯迅に関心を抱き、魯迅の死の直前まで教育部のある人物を魯迅と接触させていたことと関連している。このことは、魯迅の暗殺が蔣介石の許可なくしておこなえるものではなかったことを意味していた。魯迅の子息の周海嬰《ハイイン》は、『わが父　魯迅』（岸田登美子他訳、集英社、二〇〇三年）の冒頭で、その頃特務であった人物から父親を暗殺しようとしていたことを直接聞いたことを記している。結果として魯迅は暗殺されなかった。

危険な状態に置かれていたのは、魯迅だけでなく瞿秋白も同様の状況に置かれていた。一九三三年四月十一日、魯迅は病弱な息子の健康のために日当たりのいい部屋を求め、施高塔《スコット》路一三〇弄九号に転居した。この場所は、瞿秋白の住所と大通り一筋を隔てたところであった。七月末に瞿秋白夫妻は、魯迅宅で国民党の捜査を逃れるために避難生活を送っていたのである。前年三二年十一月下旬にも同様の出来事が起こり、その時は十二月中旬に中国共産党全国総工会党団書記の陳雲《ちんうん》がかれらを迎えに訪れていた。

版画、浮世絵への強い関心

こうした緊迫した政治状況下での魯迅の文学活動は、精力的におこなわれていた。先に魯迅の版画や浮世絵についての関心について触れた。版画については一九三一年五月二十四日にケーテ・コルヴィッツの版画十二枚を受けとっている。この版画は、米国の女性ジャーナリストのアグネス・スメドレーを通じて購入したものであった。また魯迅は、柔石を追悼するための画像を彫ってくれるようにケーテ・コルヴィッツに依頼していた。しかしコルヴィッツは、柔石を知らないし中国のこともわからないと述べ、断っていた。魯迅は、この時、芸術家としての彼女の厳しい姿勢に尊敬の念を抱き、この時から中国の木版画に精神的にも手法的にもリアリズムを導入しようと考え始めた。確かに八月十七日は、内山完造の弟で成城学園小学部美術教員の「内山嘉吉君に頼み、学生に木版画技術を教える。通訳をする、九時から十一時まで」と記され、夏期木版画講習班が長春路の日本語学校で六日間開催されていた。魯迅は毎日、コルヴィッツの作品、イギリスや日本の版画を持参し学生に見せて解説していたという。

魯迅のケーテ・コルヴィッツの版画に対する評価は、一九三一年九月に彼女の作品を「単に『悲しみ』と『怒り』だけではなく、すでに悲劇的、英雄的、暗澹《あんたん》たる形式から脱皮している」と語っていることに表れていた。それから五年後に魯迅は、ケーテ・コルヴィッツ七十歳の記念に『ケー

『ケーテ・コルヴィッツ版画選集』

テ・コルヴィッツ版画選集』を自費出版している。かれは、「序」のなかでケーテ・コルヴィッツは、一九三一年に柔石ら六人の青年が殺害されたのちに、全世界の進歩的文学芸術家が国民党に抗議した時の一人であることを紹介していた。

　魯迅の版画に向けた関心は、一九三三年十月十四日に「ドイツ・ロシア木版画展覧会」を開催し、十六日には上海美術専門学校にMK木刻研究社展覧会、十二月二日、日本基督教青年会に「ロシア・フランス書籍挿絵展覧会」を参観していることでわかる。その一方で、魯迅は鄭振鐸《ていしんたく》と版画作品選『北平箋譜』（六冊）の編集を始めており、三四年三月三日に鄭振鐸宛の書簡に『北平箋譜』の売れ行きがきわめてよいことを伝えている。魯迅は、序文で中国の木刻の歴史を語っていた。

また一九三四年六月二十七日に『十竹斎箋譜』の印刷代を鄭振鐸に渡している。『十竹斎箋譜』とは明末に刊行された木版画の詩箋《しせん》図譜で、中国の優れた木版画を残す目的で鄭振鐸が魯迅に提案したものであった。第一冊は十二月に刊行され、魯迅死後の四一年にすべてが刊行された。一月二十四日にはソ連の木版画集『引玉集』の編集を終え、五月二十三日に日本の印刷所から三百冊を受けとっている。さらに魯迅は、七月十八日に『木刻紀程』を編集していた。この書物は、若い木版画家の作品二十四枚を集めたもので、初版百二十部が印刷された。その時、魯迅は「まえがき」で「中国の木版画は唐から明まで見事な歴史があったが、「現在の新しい木版は、その歴史とは無関係であり、ヨーロッパの創作木版の影響を受けたものである」と語り、作者のこれまでの努力と作品が日々向上することで中国の読者の共感を得て、次第に世界への第一歩を踏み出すまでになったと評価した。

魯迅文学の集大成

魯迅の木版画に寄せた期待は、一九三五年元旦から巡回展覧を始めた全国木版画連合展覧会について、「最近、五年間、急速に勃興《ぼっこう》した木版画は、古代文化と無関係だとは言えないが、決して埋葬された枯骨《がいこつ》が、新しい装いに替えて出てきたのものではない。それこそ作者と社会の大衆との心の底からの一致した要求であったから、若干の青年たちが、鉄筆といくつかの木板を持つだけで、こうして鬱勃《うつぼつ》と発展できたのである。それは、芸術を学ぶ者の熱い真心を表現した。そのため、現代社会の魂であった」(「『全国木版画連合展覧会特集』序」)と語るまでになった。

浮世絵についての関心は北京時代にさかのぼる。その関心が持続していたことは、この時期の内山書店での浮世絵画集購入によってわかる。当時、魯迅と会見する日本人が魯迅の趣味を知り、しばしば浮世絵の復製本を土産としていた。

浮世絵画の購入は、一九三二年十月二十五日の日記には、「内山書店で『葛飾北斎』一冊、出版社から『浮世絵六大家』の専用本棚を受けとる」と記されている。二十六日に魯迅は、野風画会で講演し「いまの美術工作者はどのように生活に入り創作活動をすべきかについて語った」。この頃、魯迅の文学活動に美術も組み入れられていた。魯迅のこうした関心は、北京の教育部の役人時代から多くの拓本や美術品を収集していたことを源流として、一九三〇年代に入り、魯迅文学の集大成となりつつあったことを意味していた。

現実と対峙《たいじ》する精神

こうした文学活動などをおこなう一方で、魯迅は多くの論争の渦中にいた。一九三三年八月二十四日に「論語一年」を書き、林語堂らが提唱した小品文を批判し、同じ時期に「第三種人」文学を批判していた。これらの批判は、前者では現実を直視せず、閑適《かんてき》に逃げ込んでいる作家と後者では絶対的な文学の自由を提唱し左翼文学を批判していた作家に向けたものであった。こうした論争にみられる魯迅の文学精神は、木版画運動と密接に関わりあっていた。それは、作家に現実を直視し、現実と対峙する精神を求めるものであった。その意味で三三年四月に刊行された魯迅と許広平の書簡集『両地書《りょうちしょ》』は、二人の愛情の足跡をたどりつつ、現実の社会と対峙してきた精神の軌跡が描かれていると解釈できる作品である。『両地書』の月々の印税が日記に記されているが魯迅は、この印税の金額によってこの書物が多くの読者に受け入れられていると考えたはずである。

二人の若い作家の登場

魯迅は、一九三三年十二月二十一日に野風社の美術工作者を対象とした講演で現代作家のなかで茅盾《ぼうじゅん》と丁玲《ていれい》が比較的優れていると語っていた。また翻訳家としては瞿秋白の語学力を高く評価し、三三年七月に何凝《ホーニン》（瞿秋白）名義の『魯迅雑感集』を刊行している。瞿秋白は、「序言」で魯迅の雑感文を解説しながら「魯迅の思想闘争史上における重要な位置を指摘し」「我々は当然彼に向かって学習しなければならないし、我々は当然彼と共に前進しなければならない」と語っている。この評価から、三三年の段階での魯迅と左翼作家連盟との関係を読みとることができる（『魯迅雑感選集』、金子二郎訳、ハト書房、一九五三年）。

この頃、魯迅の日々の生活のなかで二人の若い作家が登場してくる。東北地方から上海に来た青年作家の蕭軍《しょうぐん》と蕭紅《しょうこう》である。かれらは、魯迅を頼り、日本軍に蹂躙《じゅうりん》されていた故郷から流亡の旅を続けてきたのである。日記には、一九三四年十月九日に蕭軍から初めて手紙が来て、すぐに返信され、十一月三十日の日記には「蕭軍と悄吟来訪」と記されている。この日に魯迅は二人と初めて会っている。この時、蕭軍は「八月の村」を魯迅に渡し、蕭紅は「生と死の場」の出版を依頼し、生活に困窮していたかれらは魯迅から二十元を借りた。その後十二月十九日、魯迅はかれらを食事に招き作家の聶紺弩《ニエカンヌー》、葉紫《イエツー》、茅盾に紹介していた。そして三五年三月五日に魯迅は葉紫、蕭軍と『奴隷叢書』の刊行を決めていた。

増幅した孤独感

魯迅が期待を寄せ、その後激しく嫌悪することになる青年作家の徐懋庸《じょぼうよう》の名前が日記に表れているのもこの頃である。一九三三年十一月十五日の日記に徐懋庸の名前が初めて記され、三四年一月六日に初めて会っている。三五年三月三十一日に魯迅は徐懋庸のために「徐懋庸『打雑集』序」を書き、かれに送っている。二十八日に魯迅が蕭軍のために「田軍『八月の村』序」を書いていることを考えると、魯迅は、蕭軍同様に徐懋庸に対して親近感を抱いていた。

蕭紅の『生と死の場』の表紙

この頃、魯迅が孤独に感じる出来事は、旧知の郁達夫が経済的理由により一九三三年四月三十日に杭州に転居したことである。同年十二月に魯迅は、郁達夫の妻の映霞に四幅一律の「郁達夫の家を杭州に移すを阻む」を書いている。魯迅と郁達夫の関係は、二三年二月から始まり、二六年末に広州から上海に来ていた郁達夫は、二七年十月に上海に到着した魯迅と再会し、二八年に『奔流』創刊以後、家族ぐるみの付き合いをしていた。

一九三三年十二月二十三日に魯迅は馮雪峰からの書簡を受け取っていた。この書簡は、馮雪峰が上海を離れ、江西省瑞金《ずいきん》の中央根拠地に行く途中に出したものであった。

また一九三五年五月十五日に魯迅は、国民党に逮捕されていた瞿秋白を救出することが不可能になっていることを曹靖華《そうせいか》に伝えていた。その後六月十八日に瞿秋白が処刑されたことを知った魯迅は、八月六日に鄭振鐸《ていしんたく》邸に行き、瞿秋白と親しかった人たちとともにかれの死を悼んだ。一九三四年二月中央ソビエト区瑞金に入り、中央工農民主政府人民教育委員を務めていた瞿秋白は、三五年香港に脱出する途中、国民党支配区に入り福建省長汀で捕らえられていた。処刑された時、かれは三十六歳であった。

左翼作家連盟内の紛糾

以上の一連の出来事は、かれが孤独感を増幅する契機になった。この孤独感は、左翼作家連盟内におけるかれの立場に変化をもたらしていたことから発するものでもあった。馮雪峰と瞿秋白がかれの周囲から姿を消したことは、かれと左翼作家連盟の関係に変化をもたらしていた。この時期にかれの周囲に集まっていた胡風《こふう》、聶紺弩《ニエカンヌー》、葉紫《イエツー》、蕭軍らは、その頃から始まる左翼作家連盟内の紛糾に魯迅の側についていくことになる。

左翼作家連盟内の紛糾は、一九三六年に左翼作家連盟の解散をめぐる魯迅と党員作家周揚《しゅうよう》らとの対立へと向かっていった。この対立は、中国共産党の抗日統一戦線をめぐる上海の左翼文芸界の対応の違いを示すものであった。周揚らの中共党員作家は、抗日統一戦線結成を背景としてこれまで敵対していた国民党系の作家を含む新たな作家組織の結成を提唱した。そのためには階級闘争を標榜していた左翼作家連盟を解散させることが必要であった。左翼作家連盟の解散は、中国共産党の政策変更を意味するものであったが、モスクワからの伝達事項であり、モスクワにいた蕭三《しょうさん》が魯迅に書簡で知らせていたのである。

一九三四年以降、ヨーロッパで人民戦線戦術を展開し始めていたコミンテルンは、中国でもこれまでの「極左戦術」を変更し「人民戦線戦術」の一環として中国共産党に抗日民族統一戦線の結成を指示する。左翼作家連盟は、国際革命作家連盟の支部としての性格をもち、当時モスクワにいた蕭三が左連の代表となっていた。かれは、モスクワにいたコミンテルン駐在中共代表の王明《おうめい》の指示によって、統一戦線政策に反する左翼作家連盟の解散を提起したのである。

左翼作家連盟の解散に向けた動きに対し、魯迅は激しく反対の姿勢を示した。魯迅にとり、左翼作家連盟はかれの文学運動の砦であったからである。かれがしばしば論争してきた作家と新たな作家の組織を結成することは、そうした作家と手を組まなければならないことであり、これまでの文学運動を否定するものと考えたのである。しかも魯迅は、左翼作家連盟の解散がかつての革命文学論争時の党員作家のプロレタリア文学観と同様に文学の自律性を無視した政治優先主義に由来していることに不快感を示していた。

強い不信感

左翼作家連盟内の紛糾についての魯迅の反応は、日記からは一九三五年九月十二日の「胡風より手紙、すぐ返信」の記載に表れている。魯迅の返信には、蕭軍の左翼作家連盟への加入についての考えが示されていた。魯迅の考えとは、いますぐに加入する必要はないというものであり、加入した途端につまらない紛糾に巻き込まれること、現に自分は鉄条網で縛られ、親方から背中を鞭打たれているように感じ、どんなに頑張ってもなぐられ、自分が振り向いて悪いところを訊くと、よそよそしく、すばらしい、気持ちはうまく合っている、今日の天気はハッハッハッと言うと述べられている。

悪化する健康状態

魯迅の左翼作家連盟での不快感は、この時期に執筆していた作品の主題にも表れている。その主題とは、かれが以前に接触した農村と下層社会の人々の印象に関するものであった。例えば、「首つり女」、「死」は、中国の圧迫された下層の人民の伝説的な反抗と復讐の思想を表現したものであったが、こうした追憶は当時の社会気風に対しての批判と密接な関係をもち、中国共産党の党員作家が抗日統一戦線の政策のなかでこのような主題に嫌悪感を示していたことに対する痛烈な批判が込められていた。

またかれの抱く不快感は、体調の悪化とともに増幅していた。この時期にスメドレーと茅盾は、魯迅にしばしば転地療養をすすめていた。

こうしたなかで一九三五年十二月十三日の日記に記載された「徐懋庸に返信」は、魯迅の日記に触れられた左翼作家連盟の解散に関する内容であった。全集の訳注によると、十一月八日付で蕭三はモスクワから王明の指示に従って左翼作家連盟の発展的解散に関する意見を述べた手紙を魯迅に送ってきていた。この手紙は茅盾、周揚へと渡された後、この日に徐懋庸にもその内容を知らせたものであるという。

一九三六年になると魯迅の精神的状況を含む健康状態は、悪化していく。二月二十三日の日記に「明け方まで眠れず」と記され、三月二日に喘息の発作が起きていた。この時、魯迅の体重は三十七キロ、煙草《たばこ》は一日十五本まで減らしていた。

悪化する健康状況のなかで魯迅は、三月二十三日にスメドレーから中国共産党の「長征《ちょうせい》」の勝利を聞き、数日後、かれはスメドレーと茅盾と相談し、陝北《せんほく》の中国共産党中央に祝電を打った。中国共産党の紅軍は、国民政府の第五次包囲攻撃により、中央根拠地江西ソビエト区瑞金を放棄し、一九三四年から三六年にわたって、陝西《せんせい》省北部延安《えんあん》への大移動を果たしていたのである。

しかし上海の左翼文壇は魯迅ら左翼作家と党員作家のグループの間に埋めることのできない亀裂が生じていた。魯迅の党員作家に対する態度は、四月二十四日の「何家槐《ホーチアホワイ》に返信」のなかに示されていた。左連のメンバーの作家何家槐は、魯迅に新しい文芸団体「中国作家協会縁起」を同封し参加を求めていた。これに対し、魯迅は左翼作家連盟が存在しているのかも知らないし機関誌『文学生活』の最終号も見ることができないと述べ、この団体に登録するのは無聊《ぶりょう》の極みですと回答し、参加を拒絶した。

魯迅に向けた恫喝と説得

この時の党員作家たちの魯迅に対する態度には、恫喝《どうかつ》と説得が混在していた。このことは四月二十八日の「狄克《テイコー》より手紙」のなかに見られる。狄克、つまり張《ちょう》春橋《しゅんきょう》は、蕭軍の『八月の村』と魯迅の「田軍『八月の村』序」を批判した。しかし張春橋は、魯迅がその見解に批判を加えていたことを知り、弁明の手紙を出したのである。張春橋の見解は、蕭軍の作品が抗日統一戦線結成に有害であることを指摘したものであった。こうしたなかで魯迅が親しく接していた徐懋庸がしばしば党員作家の側から魯迅を説得していた。

一連の経緯のなかで魯迅の側にいたのは、胡風、馮雪峰らであった。馮雪峰は、一九三六年四月二十六日に革命根拠地から上海に戻り、五月十日まで魯迅宅に滞在し、革命根拠地の状況を報告する一方で魯迅から左翼作家連盟内の紛糾について聞いていた。
一九三六年六月五日の日記には、つぎのように記されている。

これより後、日ごと衰弱し、起坐することも困難となり、ついに記すことあたわず、この間、一時生命も危《あや》ぶまれるも、ようやく小康を得、少しは坐して本を読めるまでになり、今は数十字を記すこと可能となる。だが、日記を明日より始めるか否かは、近ごろとみに怠惰つのり、いまだ未定なり。六月三十日午後、炎暑の時記す。

魯迅の日記は、こうして二十四日間、空白になった。

中共党員作家への怒り

しかしこの間に魯迅は、九日に「トロツキー派への回答」を、十日に「現在の我々の文学運動について」を口述し、馮雪峰がそれを筆記していた。また六日に中国文芸家協会が成立し、「中国文芸家協会宣言」が発表されると十五日に魯迅、黎烈文《れいれつぶん》、黄源《こうげん》ら作家は「中国文芸工作者宣言」を発表した。
魯迅は、紛糾のなかで転地療養をする可能性がなくなっていた。七月に病気見舞いに魯迅を訪れていた増田渉は、「風貌が非常に変わっていて険しくなり、気性が烈《はげ》しくなり、いやに戦闘的であったが、痛々しく見えた」（前掲書『魯迅の印象』）と語っている。

こうした病状のなかで魯迅を怒らせたのは、徐懋庸から八月二日に受けとった手紙であった。その手紙は、周揚らの党員作家の立場から書かれたものであり、魯迅は五日夜に四日間かけて書いた「徐懋庸に答え、あわせて抗日統一戦線の問題について」を手直ししていた。この時、魯迅は馮雪峰に「彼らは明らかに、私が病気であることを知っている。これは挑戦だ」と語ったという。また増田渉に「上海にはこんな一群が居るので何かあつたらぢきにそれを利用して自分の為にするから一寸打撃を与えたのです」と語っていた。この時、魯迅の眼には徐懋庸らを上海のゴロツキ文人と同類と見なしていた。

この時の魯迅の態度は、六月十五日に六十三名の署名を集めて発表された「中国文芸工作者宣言」のなかで明確に示されていた。すでに五月三日に魯迅は、未名社のメンバーの作家曹靖華宛の書簡に「近日中にたぶん別の団体が現れるでしょう。私はそれでよいと思います。読者は比較することができます。情勢は変わります」と述べていた。

魯迅の死

徐懋庸の手紙は、魯迅を恫喝する内容を含みながら、かれを抗日統一戦線に参加させようとする努力をおこなっていた。一九三〇年前夜に革命文学論争で魯迅を批判した党員作家たちは、三六年に同様に魯迅を抗日統一戦線に参加させる必要性を痛感していた。それは魯迅の内外の声望によるものであった。この時期、魯迅ほどの声望を得ている作家はいなかったのである。

魯迅は、十月二日に瞿秋白を記念する『海上述林』を関係者に贈り始めていた。また十月八日に全国木版画移動展覧会に行き、青年版画家と一緒に写真を撮っていた。

十月十八日日曜。魯迅は三時半頃に喘息《ぜんそく》が起こり、夕刻、症状が悪化。十九日五時二十五分永眠。

魯迅死後、戦争は上海に及び、論争は結論を得ぬまま収束に向かった。論争の最終段階において再度、中国共産党の上層部から論争の終結に向けた指示が出されていた。その後、第二次国共合作結成の機運のなかで重慶において新たな作家の組織が結成された。

魯迅の墓（上海魯迅公園）

魯迅死後の文壇

魯迅の党員作家に対する態度は、左翼作家連盟を通じて変化することがなかった。中国共産党の党員作家も抗日統一戦線での文学の役割をめぐって、魯迅と妥協することはできなかった。この論争は、「国防文学論争」と言われている。この二つの陣営の対立の構図は魯迅死後、さらなる対立へと向かい、一九四九年中華人民共和国成立後には、魯迅の側にいた作家はつぎつぎと批判の対象とされ、文壇から姿を消していった。その時、党の文芸政策を実行していたのは、魯迅と対立していた周揚ら文芸工作者たちであった。

以上で魯迅の生涯を日記からたどった。日記の中の魯迅は、わたしたちにさまざまな姿を見せてくれている。収入の記録からは生活者の魯迅、通信の記録からは人間関係、購入した書籍からは中国古典文学者や海外文学を紹介する姿など多様である。

この多様な姿を総合したところに魯迅その人が存在していた。とは言え、魯迅の内面には古典文学者と専業作家の道のどちらを選ぶべきかの難しい問題が横たわっていた。結果として、魯迅は、広東から上海に移る時点で専業作家の道を選択したのである。しかし古典文学者の姿は、魯迅から消えることはなかった。

次章では、専業作家魯迅の内面に古典文学者が存在していたことで革命作家の姿を出現させていたことについて考えてみたい。

第三章　現実に向き合う古典文学者魯迅

魯迅は、小説家としてだけの名声を得ていた人物ではない。かれは、しばしば中国小説史に関わる優れた業績を残した古典文学者として、わたしたちの前に姿を現している。

古典文学者としての姿

かれの中国小説史研究は、著作『中国小説史略』に集約され、『魯迅全集』第九巻には『中国小説史略』とともに『漢文学史綱要』、第十巻には『古籍序跋集《じょばつしゅう》』が収録されている。かれは、生涯において中国古典文学の研究に固執し続けた文人でもあった。

本章では、古典文学者魯迅の姿を探究することにしたい。その際に注目したのは、かれが一九二七年七月に広州でおこなった講演「魏晋《ぎしん》の風気および文章と、薬および酒の関係」である。この講演のなかで語られた魏晋の時代の文人の姿は、現実に向き合う魯迅の姿を暗に示していたからである。その姿は、激動の時代の中で自らの生きている時代とどのように向き合うのか、という作家の生き方の問題を提起していた。魯迅は、この作家の生き方を、国共合作が崩壊し、反共クーデターの余波が広州に及んでいた時期に、広州市が開催した広州学術講演会で語っていたのである。

最初にこの講演会が魯迅にとって、どのような意味を持っていたのかについて考えてみたい。まずこれまでの見解をたどってみることにする。

1　古典文学者としての魯迅

魯迅が魏晋の文学をテーマに講演した広州学術講演会について、従来の『魯迅全集』にはつぎのような説明が付けられている。

定説とされた見解

国民党政府広州市教育局が主催、一九二七年七月十八日、広州市立師範学校講堂で開会式を挙行。当時の広州市長林雲陔《リンユンガイ》、教育局長劉懋初《リュウマオチュ》らが、席上そろって反共演説をおこなった。彼らは「学術」の旗じるしをかかげ、学者にも講演を「依頼」した。魯迅のこの講演は、七月二十三日、二十六日の会でおこなったものである（副題の注記「九月」は誤り）。魯迅はのちに「広州で魏、晋のことを話したのは、ほんとうに憤りがあったから発言したのです」と言った（一九二八年十二月三十日、陳濬《チエンチユン》宛書信）。魯迅は、この中国古典文学に関する講演の中で、屈折した言いまわしで国民党反動派に対して暴露と諷刺《ふうし》をおこなった。

また竹内好訳『魯迅文集』の注記には、林語堂《りんごどう》のつぎのような回想を紹介している。

「これはあたかも、かのパリサイ人がカイゼルの像のある貨幣でキリストを試みたと同じ事情である。もし魯迅が拒絶すれば、彼が当局を尊敬しないという『態度』を表明したと認定しうるからである。しかし魯迅はそうしなかった。彼は少しばかり頭がよかった。彼は承諾し、極めて興味深い一大講演を滔々《とうとう》と述べた。演題は紀元三世紀の文学の状況であった。その講演で、彼は当時の学者たちが政治上の紛糾を免れるために『一酔二月に渉』（一度酔えば二カ月にわた）らねばならなかった事情を説明した。聴衆は面白がって、彼の創見と全篇に漲《みなぎ》る精彩ある解説を賛嘆した。しかも、当然、その要点には気がつかなかった。しかし魯迅は、彼の目的を達したと云えよう。彼は、自分が古代の趣味的問題の研究に没頭している学者に過ぎないことを表明したのである。それは当時の権力者たちを満足させた。……彼らの注意は弛《ゆる》んだ。その隙をねらって魯迅は上海へ来た」。ただし、魯迅自身の書簡（一九二八年十二月三十日、陳濬宛）に、「広州で魏晋の事を語りましたが、それはまことに心に憤りがあって述べたものです」とあり、林語堂の解釈したような、単なる処世の戦術ではなかった（竹内好訳『魯迅文集』第四巻、筑摩書房、一九七七年）。

これらの解説で注意すべきことは、『魯迅全集』の注と林語堂の回想は、ほぼ同じ見解であるが、竹内好が林語堂の解釈を紹介しつつも魯迅の講演を「林語堂の解釈したような、単なる処世の戦術ではなかった」と語っていることにある。竹内は、それ以上、説明していないが、魯迅全集の注と竹内の注の解説はともに一九二八年十二月三十日の陳濬宛書簡に吐露されている魯迅の心境を根拠としているのである。

ある種の違和感

ここで紹興府中学堂で同僚であった陳濬宛書簡を見るならば、かれから魯迅が就職口を依頼されたことに返答する内容のものであることがわかる。そこには「正直な話、昨今、文筆生活というものは生計の道ではありません。これによって生活しえている者も、はたして学術才能のたまものであると言えるでしょうか。種々雑多なことどもが複雑にからみあい、著作といえども、じつはいばらに身を置いているようなものです。わたしが広州で魏晋《ぎしん》のことがらについて話をしましたのも、じつは慨嘆《がいたん》の思いをいだいてのことです。『志、大なるに、才、疏《すく》なし』、北海にたいする哀《かな》しみの思いをどうしてもぬぐいさることはできません」と書かれている。ここで言及されている北海《ほっかい》とは、『魯迅全集』の原注によると建安七子の一人であり、のちに曹操《そうそう》によって殺された孔融《こうゆう》のことであるという。

この文脈から、魯迅が講演に込めた意図を探るならば、『魯迅全集』に付けられた解説と林語堂の解釈に、ある種の違和感が生じることになろう。その違和感とは、この時期に魯迅が編集していた『唐宋伝奇集』につけられた「序例」に書かれたつぎの文章からも生じる。

家にひきこもると書物を開き、重ねて校訂を加え、まるまるひと月をかけてそれが完成すると、全八巻の書物が印刷にまわせることとなった。かねての願いがここにかなって幸運にめぐまれていることを知り、その喜びはまた胸にせまる悲しみともなる。故国《ふるさと》に心を引かれて新しい世界に出発することもせず、限りある中で過ぎゆく時間を弄《もてあそ》んでいるのである。ああ、これは、自分の今の生き方を肯定しているからではない、已《や》むを得ずそうしているにすぎぬのである（『唐宋伝奇集』序例」）。

この文章が一九二七年十月十六日に発表され、時間を前後して八月に「魏晋の風気および文章と、薬および酒の関係」が発表されていることを考えると当時、中国小説史の研究に没頭していた魯迅の心情は、「国民党反動派に対して暴露と諷刺をおこなった」と考え、「彼は、自分が古代の趣味的問題の研究に没頭している学者に過ぎないことを表明した」と単純に解釈することに疑問が生まれる。

古典文学研究に内包する文学観

さらに魯迅は、「この半年のあいだ、わたしはひとことでもしゃべったでしょうか」（「有恒《ヨウホン》先生に答える」）と語るような状況に置かれていた。この時期の魯迅は、広東の文芸誌からは「灰色」（「どう書くか――夜記の一」）と見なされていた。こうした魯迅の心理状況は、『三閑集《さんかんしゅう》』序言にも「この二年はほんとうに少ししか書かず、投稿するあてもない時期だったことをわたしは思い起こした。二七年、流された血に驚いて、わたしは広東を離れたが、直言する勇気がなくて、あいまいになった発言は、みな『而已集《じいしゅう》』に収めた」と語っていることにつながっている。

しかし、魯迅はこうした中国小説史研究のなかで一九二六年に刊行した『小説旧聞鈔』が三五年七月に再版された時に、つぎのように語っていた。

しかし上海の馬鹿どもは笛を吹き鳴らして、このような書物を作ったのが閑暇《ひま》のある証拠だし、金持ちの証拠だとわめいたのである。とすれば、腰をかがめて緩《ゆる》やかに舞い、泡を飛ばしてわめきたてる者が高尚ということになる（「『小説旧聞鈔』再版序言」）。

魯迅のこの発言は、広州から上海に移った魯迅がその地で革命文学論争に巻き込まれ、無産階級文学を唱える革命文学者から批判されたことを回顧したものである。この発言は、魯迅の革命文学者の批判への激しい怒りであり、この論争が魯迅の古典文学研究のあり方と密接に関わっていたものであったということを示していた。つまり魯迅が一九二八年に革命文学論争に巻き込まれたことで、かれの古典文学研究に内包している文学観が論争のなかで明確に表れ、革命文学者への激しい反論となったのである。

この視点から「魏晋の風気および文章と、薬および酒の関係」を読むならば、現実の社会、人間を観察する古典文学者魯迅の姿勢が浮かび上がってくる。

『嵆康集』の校勘

ましで魯迅は、その生涯において三世紀の文人の嵆康《けいこう》の文学に大きな関心を寄せ続け、「願うところは、嵆康作品の元来の姿を留《とど》めて、いささかなりとも世上に流布《るふ》せんがためにほかならぬ」（『嵆康集』序）と考えていたのである。その期間は、魯迅日記で確認できる限り、一九一三年十月から三十一年十一月まで断続的に続き、三十五年九月十七日の未名社同人の青年作家台静農《たいせいのう》宛の書簡にも「嵆康集」に言及している。

林田愼之助は、魯迅のこうした嵆康集の校勘《こうかん》には意識的な関わり方があったはずであると指摘し、つぎのように述べている。

写本校勘という作業は、閉塞的な外部情況にひたすら無関心であろうとつとめる人間のいとなみとして、もっともふさわしい仕事である。しかも感情を殺して時間さえかければ確実に成果をあげることができる。そのようなものとして『嵆康集』の写本校勘の作業を考えてみたとしても、嵆康という対象は黙っていないであろう。百歩ゆずって、『嵆康集』とのとりくみがそれほど積極的なものでも意識的なかかわりでもなく、単に校勘の興味だけからはじまったと考えてみても、三カ月の写本の過程からうかびあがってきたこの三世紀初頭の異端思想家は、かびくさい文字のなかにとじこめられているような唯のしろものではなかったはずである。力が欺瞞《ぎまん》をおおいかくす政治への怒り、うつろいやすい人間のこころのありかたへの不信、ほんとうの礼の教えをみうしなっていつも支配者を合理化してきた儒教への反逆などの現実的課題を、それは時空をこえて、魯迅の内側にむけて告発しつづけたにちがいない（林田愼之助著『魯迅のなかの古典』創文社、一九八一年）。

この見解は、一九二七年当時の学術講演会をおこなっていた魯迅の置かれた状況を考えるのに示唆に富む指摘である。中国古典文学を研究している魯迅は、「限りある中で過ぎゆく時間を弄んでいる」ものの、一方で三世紀初頭の異端思想家が魯迅の内面に告発するものがあったと考えられるのである。

垣間見せる研究者と作家の姿

この時期に「革命時代の文学——四月八日黄埔《こうほ》軍官学校での講演」で、魯迅は政治と文学の関係、革命文学者とはなにか、を語っていた。この前後する二つの講演で展開されていたかれの見解は、翌年の革命文学論争時には、かれが批判された時のかれの反論に表れている。魯迅に浴びせかけられた革命文学者からの批判とそれに対する「怒り」から発した反論は、双方が互いの立場を革命の傍観者と断定するものであった。

四・一二クーデターを体験し「流された血に驚い」た魯迅が三世紀の時代の政治権力者と文人の関係を冷徹に透視していたのは、かれの学者としての素質にあったと考えられよう。かれがその当時、研究者と職業作家の両立は困難だと見なし、研究には冷静さが必要だと発言していたことを考えれば、その講演に魯迅の研究者としての姿が現れていたはずである。しかし広州から上海へ移った直後に魯迅を巻き込んだ革命文学論争では、魯迅は職業作家の姿を現している。

革命文学論争から始まるその後の上海文壇でのさまざまな論争、例えば魯迅と梁実秋との論争、林語堂のユーモアを提唱した小品文への批判、文学の絶対的自由を主張し、プロレタリア文学を批判している「第三種人文学者」に向けた批判、そして国防文学をめぐる中共党員作家との論争には、かれが考察した魏晋の時代の文人の姿が見え隠れしている。特に魯迅の最晩年の抗日統一戦線下の文学のあり方をめぐって争われた「国防文学論争」には、政治権力者に挑戦し続けた魏末晋初の文人の思想的様相が、党員作家と対立する魯迅の文学姿勢に映し出されている。

こうした視点をもとに、中国古典文学者魯迅が語った魏晋の時代の文学者像が、専業作家となった魯迅のなかに生き続けていたことを明らかにしてみることにしよう。

2　魯迅が語った魏晋時代の文人像

時代と文章、為政者と知識人

魯迅はこの講演の冒頭で「漢末、魏初という時代は、たいへん重要な時代です。文学の方面では重大な変化が起こりました」と語っている。さらに曹操《そうそう》を「とても実力のある人です。とにかく英雄でありました」と曹操の人物評価をおこなっている。この曹操が権力を握ってから、政治が文章の面にも影響を及ぼし、魏の時代の文章に「清峻《せいしゅん》の風格」が形成された。もう一ついえば、曹操は人材を集めるさいにも「不忠不孝は問題ではない。才能があればそれでよいのだ」という考え方であったので、当時の清峻な文章に「通脱の風格」が加わったと魯迅は語っている。その後曹操の文学観は曹操の長男の曹丕《そうひ》の時代にも受け継がれ、近代的な文学観でいえば、曹丕の時代は「文学の自覚時代」であり、そこには「芸術のための芸術という一派」が出現したと魯迅はみている。また魯迅は、曹丕が「気」（個性）を重んじたので、文章に華麗のほかに、壮大さが加わったと評価している。

このように魯迅は、漢末、魏初の文章を「清峻、通脱《つうだつ》」「華麗、壮大」と見なし、さらに当時曹操の文学集団であった「建安の七子」の文章は「天下が大いに乱れ」ていたことから「慷慨《こうがい》」の気風が加わったと述べている。なかでも魯迅は、「建安の七子」の一人であった孔融《こうゆう》が「皮肉な筆づかい」を好み、曹操が厭《いや》がることばかりをしたので、曹操は孔融を殺している。その罪状に触れて魯迅は、「はじめ才を求めたときには、不忠不孝でかまわぬと言った」曹操が、「不孝の罪」でもって孔融を殺したとみて批判している。さらに魯迅は、曹操の行為と議論の間にある矛盾を突きながら、「曹操は実務家です。だからそうせざるをえなかった。孔融は傍観者です。だからかってなことが言えました。曹操は、孔融があまりにしつこく自分に反対するので、とうとう、口実をもうけて彼を殺してしまいました」とみている。この語り口は、時代と文章の関係、権力者と知識人の関係を明確に表現したものであった。

阮籍と嵆康を語る

魯迅の講演は、二日にわたっている。おそらく二日目の講演は、魏の末期に存在したもう一つのグループ、つまり「竹林《ちくりん》の七賢」の話題から始まったものと考えられる。

魯迅は、竹林の代表として酒を飲み薬物を服用した嵆康と酒一本やりの阮籍《げんせき》をとりあげ、二人の気質を「たいへんな変わり者でした。阮籍は年をとるとすっかりおとなしくなります。嵆康は一貫してひどくへそ曲がりでした」と語り、かれらの奇妙な振る舞いを紹介している。そのなかで阮籍が「酒を飲むのは、彼の思想にだけに由来するのではなかった。理由の大半はむしろ環境にあったのです。そのころ司馬氏はすでに魏の王室から帝位を奪おうとしていました。そして阮籍の名声はたいへん大きかった。だから彼はほとんど発言することができない。酒ばかり飲んで、発言を控えるしかなかったのです」と解釈していた。

その一方で魯迅は、嵆康の文章を「阮籍よりすばらしい。思想は清新。よく昔の旧い説に反対しています」と評価している。その嵆康の言論は魏の王室から帝位を奪おうとしていた司馬氏の簒奪《さんだつ》行為に批判的な影響を与えていた。そのことで司馬懿《しばい》に殺された嵆康の「罪状は、曹操が孔融を殺したのと似たりよったりです」と魯迅は語っている。さらに魯迅はその根拠を分析して「魏と晋は、孝をもって天下を治めた。不孝では、殺さぬわけにはいきません。なぜ、孝をもって天下を治めたのでしょうか。天子の位を禅譲、つまり巧妙な手段と力で奪いとった、もし忠をもって天下を治めれば、彼らの立場があぶなくなる、事がやりにくい、理論づけもむずかしい、だからどうしても孝をもって天下を治めなければならなかった」と説明した。

政治に翻弄された文人

この結論で重要なことは、「魏晋のときのいわゆる礼教尊崇は、私利のためだった」と指摘した魯迅が「曹操は孔融を殺し、司馬懿（西晋の武帝）は嵆康を殺した。それはみな、彼らが不孝とかかわりあったからでした。だが、実際に曹操と司馬懿はいったいぬきんでた孝子だったでしょうか。不孝の名目で、自分に反対する人に罪をきせただけのことです」と語っていることである。魯迅は、季札《きさつ》の「中国の君子は、礼儀には明るいが、人の心を知るには暗い」と語った言葉を引用し、「これは当たっています。およそ礼儀に明るければ、かならず人心を知るには暗かった。だから、昔は数多くの人々がひどい濡れ衣を着せられました」と「為政者と文人の関係」を明らかにしていた。魯迅は、政治に翻弄された二人の文人について「表面的には礼教を破壊した者のほうが、実は礼教を認め、礼教をあまりにも深く信じていた」と見なしていた。後に、こうした屈折した発言によって、魯迅が当時の国民党反動派に対してその実態を暴露し、それに諷刺を加えたものだとみた林語堂の見解が出てきたのは当然であった。

「心を師とする」「気を振るう」文学精神

しかし魯迅は、この講演で「暴露と諷刺」に力点をおいていたわけではなかった。魯迅は、阮籍と嵆康の酒びたりであった態度を「彼らが乱世に生きていたため、やむなくそのような行為にでたのであって、決して彼らの真の姿ではありません」。「魏、晋の礼教破壊者は、ほんとうはとことんまでこだわるほどに礼教を信じていたのです」と解釈し、劉勰《りゅうきょう》の「嵆康は心を師として論を展開し、阮籍は気を振るって詩を作った」と評価した見解を引用し、「心を師とする」と「気を振るう」が、魏末、晋初の文章の特色であることを語ったのである。

このように魯迅は、阮籍と嵆康の文人像を通じて「魏晋の風気および文章と、薬および酒の関係」の主題を語っていた。そして「正始の名士と竹林の名士の精神が滅びると、心を師とし、気を振るおうとする作家もいなくなってしまいました」と結論したのである。この結論には、二つのことが語られていた。一つは、その後の社会には、「つまらぬ空談と飲酒がはびこりました。多くの人はわけもわからぬ空談や酒を飲むことばかりうまくなって、実行力はない。それが政治にも影響をおよぼして、結局は『空城の計』をもてあそび、実際のことはまるっきりできなくなってしまいました」とみたのである。もう一つの魯迅の大事な見解は、東晋になると、「田園詩人」陶潜《とうせん》（陶《とう》淵明《えんめい》）が現れるが、陶淵明が政治と無関係な「田園詩人」ではなかったとみていることである。そして魯迅は「この世とかけ離れているならば、『詩文』などあろうはずはないのです。詩があるということは、その人が世事を忘れかねていたということです」と語ったことである。

この講演のなかで魯迅が語った文学史的見解は、この時期の魯迅の雑文の中にも散見することができる。

雑文に投影された文学史的視点

魯迅は、この講演が発表された年の十二月に「『塵影《じんえい》』によせる」を執筆している。この文章は、当時中学校に勤務していた作家の黎錦明《リーチンミン》作の中篇小説集に収録されたものであるが、魯迅はこの作品から「中国は、いま大時代へ向かっている時代だと、わたしは感じている」と語る。この小説のストーリーは、『魯迅全集』の原注によると「一九二七年、蔣介石の国民党が革命を裏切った前後の、南方のある小さな県城の情勢を描いたもの。……蔣介石が革命を裏切ったとき、同地の土豪とさまざまな反動的人物は、国民党将校と結託して、革命陣営に奇襲攻撃をかけ、多数の革命家と労農大衆を虐殺」し、最終章で殺害された革命家の息子が『列強を打倒して、軍閥をやっつけろ』と歌いながら幼稚園から帰ってくる。だが、その結果がどうなったかは明らかにされていない」と説明されている。

魯迅は、「世界はいま、つねに機関銃に守られた仁義に支配されている。いま、ここでそんな噂を耳にすると、わたしは美酒を飲んだように、身も心も心地よい。しかし『塵影』がもたらしたものは、重苦しさであった。今日の文芸は、とかく人に不快感を与えがちだが、それはしかたない。それが嫌なら、自分が文芸を回避するか、それとも文芸から人生を排除するしかない。誰がいっそう仁義と金に形を与え、三筋の血の『醜悪』さに真実を与えるのか。わたしは『塵影』という作品が、その楽しさと重苦しさをさまざまな人々に留《とど》めているのを見た」と作品を評価していた。

講演「革命時代の文学」——魯迅の作家像　この評価が講演「魏晋の風気および文章と、薬および酒の関係」の趣旨と結びつくのは、魯迅が著者の現実社会との関わり方に注目していることであり、この作品の存在が時代の変化を告げていると考える視点である。またこの時期に魯迅が講演で明確に表した時代と文人の関係は、四・一二クーデター発生直前の一九二七年四月八日

黄埔軍官学校

に黄埔《こうほ》軍官学校（孫文が広州黄埔に設立した陸軍士官学校、蔣介石が校長）でおこなった講演「革命時代の文学」にすでに語られていた。この時、魯迅はつぎのように語っていた。

だがこの革命の中心地にいる文学者は、おそらくきっと文学と革命は大いに関係がある、それでもって革命を宣伝し、鼓舞し、煽動して、革命を促進させ、革命を達成することができると言いたがるでしょう。ただ私は、このような文章は無力なものだと思います。なぜなら、昔から立派な文芸作品は、これまでその多くが他人に命令されたり、利害を顧みたりせず、あるがままに心の中から流れ出たものであるからです。もしもある題目をまずかかげておいて文章をつくるならば、八股文《はっこぶん》（官吏登用試験で定められていた公式化した文体）と少しも変わらず、文学としてはなんの価値もない、まして、人を感動させうるだろうかなどと言えるわけがありません。革命のためには、「革命する人」が必要ですが、「革命文学」のほうはせかなくてもよろしい。革命する人が作品を書けば、それこそが革命文学です。だから私は思うのです、革命のほうが、むしろ文章にかかわるのだと。

魯迅のこの講演は、講演「魏晋の風気および文章と、薬および酒の関係」を解説するものとして読み取ることができる。同年十月二十一日の雑文「革命文学」でも、「根本の問題は、作者がまさしく『革命者』であるか否かにかかっている、とわたしは思う。作者が『革命者』であれば、どんな事項を書き、どんな素材を使おうとも、すべて『革命者』である」と繰り返し語っている。そして魯迅は、「革命文学者が陸続とたち現れてくるところには、そもそも革命などあるはずがない」と結論していた。

このように一九二七年の魯迅の講演と雑文を対照してみるならば、「魏晋の風気および文章と、薬および酒の関係」の講演は、三世紀の時代に生きた知識人らの生き方に高い評価を与えていた魯迅の作家像が表されたものであったことがわかる。

また同様に魯迅の作家像は、この時期に魯迅の海外文学の紹介に関わる仕事のなかに表れていた。このことから、革命期ロシア文学への関心は、かれの講演を解釈するのに重要な意味を持っている。

3　ソビエト作家に見出した理想的作家像

革命時代のロシア文学への評価　魯迅の海外文学紹介の試みは、日本留学中の一九〇九年に『域外小説集』の刊行となっておこなわれていた。魯迅は、『吶喊』の「序」をはじめとする作品で、日本軍に首をはねられる同胞を無表情に眺める大衆や革命家と心の通わない一般民衆の姿を描いている。魯迅が繰り返し語ったこのテーマは、前者ではエロシェンコの作品「魚の悲しみ」や後者は、「労働者シェヴィリョフ」（アルツイバーシェフ作）を紹介する動機になっていた。

そうした海外文学の紹介のなかで、魯迅は、一九二五年に日本の文芸評論家 厨川白村《くりやがわはくそん》の文芸評論集『象牙《そうげ》の塔を出て』の一節「文学者と政治家」を紹介している。

大意は文学と政治とは、ともに民衆の深い厳粛な内的生活に根ざした活動であるから、文学者は実生活という基盤の上に立ち、為政者は文芸をよく理解し、文学者に歩み寄るようにしなければならないと説いたものである。これは実にもっともであると思う（「後記」）。

魯迅の「文学者と為政者の関係」を述べたこの見解は、かれが語る革命時代のロシア文学の評価と結びついている。同様に魯迅が一九二八年の革命文学論争時さらに左翼作家連盟を通じて、無産階級文学を提唱する作家に投げかけた問題でもあった。さらにこの問いかけは魯迅が講演「魏晋の風気および文章と、薬および酒の関係」で語った文学者と為政者の関係に関わる見解と密接に関係し、革命期のロシア文学についてのかれの発言のなかで明確に提起されていた。

魯迅は、一九三〇年八月に同伴者作家について、ソ連の文学史家コーガンが一九二七年に著した『偉大な十年の文学』の見解を「これこそきわめて概括的かつ明白に述べている」と指摘していた。

最初の十年の終わり頃になって、革命的実生活から文学へと来たプロレタリア作家たちと、文学から革命的実生活に来た「同伴者」たちが合流して、十年の終わりは、その中にあらゆるグループがお互いに並んで加入し得るところのソヴエート作家連盟の形成の雄大な企画によって記念せられたという事は、何も驚くべき事ではないのである（『十月』後記）。

指導者と作家の模範とすべき関係　このように語った魯迅は、一九三一年一月にソ連の国内戦争を題材にした長編小説『壊滅』の作者についてつぎのように解説している。

作者ファジェーエフの事跡は、「自伝」の中にある以外、私は何一つ知らない。わずかに英語訳の『壊滅』の小序から、彼が現在プロレタリア作家連盟の決議機関の一員であることがわかる(『壊滅』後記)。

魯迅は、この作品が「いずれも実際の経験から得られたもので、決して空想的な文人が描けるものではない」ことを指摘し、この作品と対比しつつ「中国の革命文学者・批評家はしばしば、欠点のない革命、完全な革命家を描くことを要求する。意見としては確かに立派で完璧そのものだが、彼らもしたがって所詮はユートピア主義者なのだ」と革命文学者に厳しい批判を向けていた。

さらに魯迅は、一九三二年に再度コーガンの著書から「一九二七年ごろ、ソ連の『同伴者』がすでに現実の薫陶を受けて革命を理解し、革命家は努力と教養によって文学を獲得したことがわかる」と述べている。

この見解からは、魏晋の時代に明らかにした「作家と為政者の対立した関係」が現代のソビエト文壇に存在していないと魯迅が考えていたことがわかる。むしろ「為政者」、つまり作家を指導統制する機関であるプロレタリア作家連盟をその点で高く評価しているのである。この評価から魯迅が左翼作家連盟をどのように考えていたのかが理解できる。魯迅はソビエトの政治と文芸の関わりを模範としてその関係を左翼作家連盟のなかに導入すべきものとして思い描いていたのである。

魯迅は一九二八年の革命文学論争で階級的立場を問題視され、没落する社会のなかで酔眼朦朧《すいがんもうろう》とした老人と罵倒された。その時にかれを批判した革命文学者を「革命の傍観者」として皮肉った魯迅の反論には、かれの三世紀の文人像があり、現代のソビエトの作家像があり、指導者と作家の模範とすべき関係が描かれていたのである。

4　古典文学者から専業作家へ

最後に「魏晋の風気および文章と、薬および酒の関係」の講演をおこなった当時の魯迅の「傍観的」姿勢について語ってみたい。

「傍観的」姿勢とは

この時期、魯迅が刊行した作品集に『朝花夕拾』と『野草』の二冊がある。さらに『故事新編』に収められている「鋳剣《ちゅうけん》」が二七年四月と五月に「眉間尺《みけんじゃく》」の題名で発表され、作品が完成した四日後の八日の日記に「黄埔政治学校に行き、講演」と記されている。

これらの作品は、当時の魯迅の心境を説明している。

一九二五年七月十二日に『野草』の散文「死後」のなかで魯迅は、こう語っている。

何人かの友人はわたしの安楽を祈り、何人かの敵はわたしの滅亡を祈った。わたしはといえば、結局のところ安楽に暮らすでもなく滅亡するでもなく、中途半端な生活を送り、どちらか一方の側の期待に応えるようにはならなかった。今はまた影のように死んでしまい、それを敵に知らせることもなく、与えても損をしないほどのわずかな喜びさえも、彼らにくれてやるまいとしているのだ（「死後」）。

この散文に書かれている「敵」を魯迅は直接、名指しで指摘しているわけではないが、実体のあるものとしては、一九二六年十月に仙台医学専門学校の恩師を語った作品「藤野先生」の最後の表現につながるものであろう。

いつも夜になって疲れが出、ひと休みしようと思うとき、顔を上げて、灯りの中の先生の浅黒い痩せ形の顔が、今にもあの抑揚のある口調で話しかけてきそうになるのを見ると、私は俄然《がぜん》良心に目覚め、勇気が満ちてくるのを覚える。そこで、やおらたばこに火をつけ、「正人君子」（人格者）の輩《やから》の憎悪の的となっている文章を書きつぐのである（「藤野先生」）。

こうした魯迅の論争の姿勢は、北京女子師範大学の騒動で敵対した「正人君子」に向けられたも

藤野厳九郎

のであり、また、かれの周囲に見られる「複雑怪奇」な人間模様を指弾したものであった。しかし魯迅は、この時期につぎのようにも語っている。

以前、子供のころ故郷で食べた菱《ひし》の実、そら豆、まこもの芽、まくわ瓜《うり》などの蔬菜《そさい》類のことがしきりに思い出された時期があった。……その後、久し振りに食べてみたところ、べつに取り立てて言うほどのものではなかった。ただ、記憶の上だけは、今もって昔の味《あじわい》が残っている。それらは、もしかしたら私を一生欺《あざむ》きとおし、常に私を振り返らせようとしているのかもしれない（「朝花夕拾」小序）。

ここには魯迅が『唐宋伝奇集』の「序例」で「故国に心を引かれて新しい世界に出発することもせず、限りある中で過ぎゆく時間を弄んでいるのである」と語る心境が垣間見える。

「鋳剣」の主人公の姿

同時に魯迅の心境を語る作品に「復讐奇譚《ふくしゅうきたん》」として位置づけられる「鋳剣」がある。この作品で魯迅が物語の題材をはるか昔の説話から取り出していることの意味は重要である。かれが一九二三年六月に芥川龍之介について、つぎのように解説しているからである。

昔のことをくり返すのは単なる好奇心だけからではなく、より深い根拠に基づいてのことである。彼はその材料に含まれている昔の人々の生活から、自分の心情にぴったりし、それに触れ得る何ものかを見出そうとする。だから、昔の物語は彼によって書き改められると、新たな生命が注ぎこまれ、現代人と関係が生じてくる（『現代日本小説集』芥川龍之介）。

芥川龍之介の評価を前提にすれば、古代に題材をとった魯迅の「鋳剣」は、「彼によって書き改められると、新たな生命が注ぎこまれ、現代人と関係が生じてくる」ものであったはずである。そして四日後に魯迅が黄埔軍官学校で講演した「革命時代の文学」で語られた革命者像には、「鋳剣」に描かれた主人公の姿が投影されていたに違いない。

しかし魯迅の内面に存在する復讐の観念は、それ以上にかれの行動を導くものではなかった。「魏晋の風気および文章と、薬および酒の関係」について言えば、魏晋の時代に生きた文人を現代に蘇《よみがえ》らせていたものの、魯迅はかれらになりきっていない。そうした魯迅の姿を「傍観者」「時代の落伍者」として罵ったのが翌年発生した革命文学論争での革命文学者たちであり、魯迅を現実の政治のなかに引き出すきっかけとなったのがかれらからの批判であった。

現代に蘇る魏晋の時代の文人

さらに一九三六年に魯迅が死去する直前に起こった「国防文学論争」で中共党員作家と対立することになったかれの姿にも三世紀の文人の精神が投影していたことがわかる。党員作家との対立は、魯迅が講演で語っていた政治と文学の関係が生み出す矛盾そのものであった。

魯迅は、文芸政策についてすでに一九二八年八月につぎのような見解を示していた。

『文芸政策』を校正したときに感じたことを少し述べておきたい。

トロツキーは博学であり、また雄弁をもって聞こえた。彼の演説は、怒濤《どとう》のごとく、口角《こうかく》泡を飛ばし、威勢がいい。だが、その結末の予想は、理想的すぎるきらいがある——私の個人的意見だが。なぜなら、その問題の成立は、ほとんどの場合、新たに提起されたのではなく継承されてきたものであり、将来にあるのでなく現在にあるからだ。文芸が党の厳しい指導を受けるべきか否かは、今は問わない。……この問題は一見簡単に思えるが、もし文芸を政治闘争の一翼とするときともなれば、容易には解決をみないであろう（『奔流』編集後記）。

このように語っていた魯迅は、一九三六年に抗日統一戦線結成のために中国共産党員作家が左翼作家連盟を解散し、文芸を「政治闘争の一翼」とした時、「文芸が党の厳しい指導を受けるべきか否か」の問題に直面したのである。しかし魯迅は、「政治と文学の矛盾」のなかに置かれた時、かれは一部の党員作家と対立していたと考えていたに過ぎなかった。

魯迅の魏晋の時代を語る語り口によって、その時代を生きた文人の生きざまが現代に蘇《よみがえ》った。専業作家魯迅は、自らがその文人の姿を体現することになったのである。

第四章　語られ始めた魯迅、語り継がれてきた魯迅

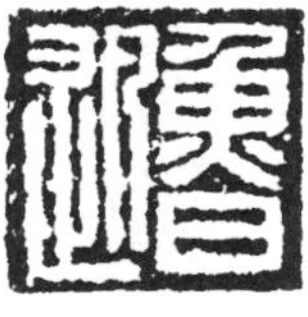

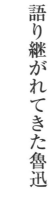

日本人が最も愛読してきた中国近代の作家は、魯迅であろう。魯迅が青年期に日本に留学していたことや、その頃の思い出のなかに仙台医学専門学校での藤野先生との心温まる交流が語られていることが、かれを身近に感じる中国人作家としてきた。そして長い間、この作品は、両国間の人々の友好のシンボルとなって読まれてきている。

魯迅像を検証する

魯迅は、これまでどのような人物像として語られてきているのであろうか。それは神聖化された魯迅像である。神聖化されたのは、魯迅その人とかれの文学に政治的解釈を押し付けることで成り立つ評価である。中国共産党に全面的に信頼を寄せる革命作家としての魯迅がそれに当たる。

ところが魯迅の文学は、中国共産党に信頼を寄せていた革命作家の枠組みに押し込めることはできない。一九三〇年代に魯迅が追求した文学と文学者像は、かれが同志として認めていたにしても中国共産党員作家とは異質であり、そのため一貫してかれらの文学観を批判していたからである。

ここでは、神聖化された革命作家像を取り外したところに存在する魯迅像を考察し、魯迅が中国近現代文学に刻んだ功績について考えてみることにしたい。

まずは最近の中国で変化してきた魯迅像についてみてみよう。

1　語られ始めた魯迅

現代作家余華の語る魯迅　「作家は一つの言葉となった時点で、損傷を受けることになる」（余華《よか》）現代中国を代表する作家の一人に余華がいる。余華がノルウェーのオスロで魯迅について講演した時、つぎのように魯迅を語っている。

ノルウェーにおける「イプセン」は、単に不朽の名作を残した作家の名前ではない。ノルウェーでは特別な言葉、文学とか作家という範疇を超越した重要な言葉となっている。私が幼いころの「魯迅」がそうだった。文化大革命時代（一九六六年から十年間全国に波及した政治権力闘争、毛沢東が劉少奇《りゅうしょうき》を粛清した）の「魯迅」である。当時の「魯迅」は、作家の名前ではなく、中国の誰もが知っている特別な言葉、政治と革命に関わる内容を含んだ重要な言葉だった。そこで、私はオスロ大学で講演をしたとき、私にとっての魯迅を語った。

余華の魯迅論は、かれの小学生の頃のつぎのような経験から始まる。

文革は文学のない時代だった。国語の教科書の中だけ、わずかな文学の匂いがあった。しかし、小学校から中学、高校までの教科書に、二人の作者の文学作品しか登場しない。魯迅の小説、散文、雑文と毛沢東の詩である。私は、小学一年生のとき、世界には魯迅という作家と毛沢東という詩人しか存在しないと無邪気に信じていた。

余華の幼少期の体験は、その後「魯迅をつまらない作家だと思い、輝かしい名声は政治の産物と考えていた」という認識になったという。現にかれは、文革終結から十数年、「大量の文学作品を読んだが、魯迅のものは一字たりとも読まなかった」。しかし、ある契機から魯迅作品を読み直すことになった余華は、魯迅の印象を語ることになる。

三十六歳の夜、私にとっての魯迅は、一つの言葉から一人の作家に戻った。魯迅作品を読むことを強制されていた、小学校から中学校までの歳月を振り返ると、さまざまな感慨が湧いてくる。思うに、魯迅文学の対象は子供たちではない。成熟した、しかも感覚の鋭い読者を必要とする。

この時、作家となっていた余華の出会った魯迅の作品のすごさは、「狂人日記」の冒頭であったという。

小説の冒頭、狂人がこの世界の異常さに気づく場面で、このような台詞がある。
「さもなければ、なぜ、趙《チャオ》家の犬はおれをにらむのか」
私は驚いて、魯迅はすごいと思った。たった一言で、この人物の精神の異常を描き出している。ほかの才能のない作家が、精神に異常のある人物を描こうとしたらどうだろう。何万字も費やして、結局のところ人物は正常のままだ（『ほんとうの中国の話をしよう』、余華著・飯塚容訳、河出書房新社、二〇一二年）。

余華は、魯迅をこのように語ったのである。この語り口から、余華が魯迅に加えられていた政治の枠組みを取り外したところから魯迅の作品を評価し、作家魯迅を語っていることがわかる。政治の枠組みとは、毛沢東が魯迅に与え、現在に至るも魯迅評価の根底にある見方である。つまり余華は魯迅を政治的に語ることをせず、作家魯迅の「すごさ」を語ったことになる。

神聖化された革命作家

ここに描かれた魯迅は、これまで中国において存在することのなかった見解である。むしろ存在することを許されなかった見解ともいえる。確かに余華の語る魯迅には、神聖化された革命作家は存在していない。

魯迅に与えた高い評価は、すでに魯迅の生前に出されていた。この評価は、魯迅の没六年後に延安革命根拠地でおこなわれた毛沢東の「文芸講話」で、魯迅が神聖化されたことで確立した。余華が語った文化大革命のなかでの魯迅は、毛沢東が魯迅を評価していたことに起因するものであった。余華の講演は、政治と密接に関係を持った革命作家という枠組みのなかにいた魯迅を解き放していたのである。

生前の魯迅が革命作家と見なされたのは、左翼作家連盟の結成に積極的に参加したことにあった。しかしそれから六年後の一九三六年に中国共産党は抗日統一戦線を提起し、それによって政策に合致しない左翼作家連盟の解散が党員作家によって提出された。その時、魯迅は、左翼作家連盟の解散と党派を超えた新しい文学者の団体の結成に激しく抵抗した。この魯迅の行動は、長い間中国共産党と親密な関係にあった革命作家という枠組みのなかで説明されてきている。

以下において、晩年の革命作家の魯迅像に検討を加えてみることにしよう。最初に「語り継がれてきた」魯迅として、竹内好著『魯迅』と丸山昇著『魯迅』の見解を概観することにする。

2　語り継がれてきた革命作家魯迅

晩年の魯迅の行動を語る

魯迅を語る難しさの一つは、死去する直前に中国共産党の提起した抗日統一戦線に賛同しながら、中国共産党員作家が提唱した左翼作家連盟の解散に反対し、中国共産党員作家が中心となり結成しようとした文学者の団体に参加を拒絶したかれの行動をどのように説明できるのか、という問題にある。魯迅は、左翼作家連盟の解散をこれまでのかれの文学活動を否定するものと受けとめ、抗日統一戦線下での文学のあり方をめぐって中国共産党員作家の文学観と行動を厳しく批判したのである。

この点について、竹内好著『魯迅』は、「序章」でつぎのように語っている。

（一九三六年）十月十九日未明、彼は死んだが、死の瞬間においても彼は文壇の少数派であった。彼は死ぬまで頑強《がんきょう》に自己を守ったのである。この時の彼と多数派との対立は、彼の死によって無意味化された、と云うよりもむしろ、彼の死がその無意味な対立を救い、そのことによって、生前啓蒙主義者としての彼の何よりも欲したであろう、かつ文学者としての気質がそれに背《そむ》いたであろう文壇の統一が、彼の死後に実現を見た。

この見解は、魯迅が死の直前に巻き込まれていた左翼作家連盟の解散から派生した論争、つまり「国防文学論争」を「無意味な対立」と考え、死後に実現した文壇の統一を魯迅が「何よりも欲した」ものでありながら「文学者としての気質がそれに背いていた」と解釈するものである。この解釈から竹内「魯迅」は、魯迅の文学者としての気質を重視していることがわかる。竹内は、その一例として柔石の死を記念した魯迅の雑文「忘却のための記念」を「この最後の年の論争における彼の非妥協の態度を説明する唯一の手がかりである」と考えている。

それ（「忘却のための記念」）は完璧な作品性をもった、感動の深い作品である。彼は苦痛に堪えかねて「忘却」のためにそれを書いている。忘れるとは、記憶することだ。忘れられないのが苦しいのだ。「忘却のため」に記念したものの、忘れるすべはなく、彼は死の年に再び柔石のために「深夜に記す」を書いている。そしてそれを書いているときには、彼は生きる力のすべてを投げ出して、抗日統一戦線の問題で激しい論争をおこなっていたのである。論争を支えるものは死者の呼び声であった。

鲁迅の気質をこのように語っていた竹内「魯迅」は、魯迅とマルクス主義の関係を「マルクス主義は、彼に異質のものを加えていない。それは彼の存在への自己認識を深め、脱却のための闘争の決意を強めてはいるけれども、将来への展望をあたえてはいない。彼はマルクス主義によって救われてもいず、救われようともしていない」と説明し、魯迅と毛沢東の関係では「毛沢東は魯迅を『共産主義者よりも共産主義的』と評した。魯迅の苦闘に、毛沢東が人間的に感動していることが考えられる」と指摘していた。

毛沢東の評価

魯迅のマルクス主義受容について竹内は、「後年、マルクス主義的世界観を受け入れることによって、魯迅は、初期のニイチェ主義の影響から脱するが、かれのニヒリズムの本質は改められなかった」と解釈し、「むしろ、目的としてのマルクス主義をふりかざすものとの対決を通じて、与えられるべき新しい社会秩序を、与えられるものとして求めることを拒否することによって、その否定を媒介にして逆方向においてかれ自身を個性的にマルクス主義化したのである。このことは、中国における共産主義運動の特殊性に対応して」いると語ったのである。

竹内好の語る革命作家魯迅

これからうかがえる竹内「魯迅」の特徴は、「マルクス主義世界観を受け入れた」魯迅が「彼の生き方を変えなかった」こと、魯迅と毛沢東との関係は毛沢東が魯迅から「前半生の人間形成上に抜くべからざる影響を受けている」と指摘したことにある。竹内は、晩年の魯迅は「思想だけでなく、感覚までも人民化されていった」と評価した。ここで言う「人民化」とは、かれの作品中の主人公である阿Qや祥林嫂のような民衆の気持ちが理解できるところまできていたと解釈できるであろう。

冒頭の余華と竹内の見解とを比較するならば、余華は魯迅と毛沢東の関係を「どんな偉大な作家にも、偉大な読者が必要だ。魯迅には強力な読者、毛沢東がいた。これは魯迅にとって幸運であると同時に、不幸でもあった。文革の時代の『魯迅』は、一作家の名前から流行の政治的な言葉となり、深い味わいのある作品も教条的な読み方に呑み込まれてしまった」と述べている。

文化大革命後、文壇では多くの現代作家が文化大革命を引き起こした原因を中国人の民族性と結び付け、文化大革命の発生を防げなかった作家の責任を問い続けている。この時期に文化大革命の最中に祭り上げられていた魯迅の文学は現代作家に訴えかけるものとなった。訴えかけるものとは、魯迅が生涯課題としていた民族性の改造にあり、そのために新たな文学の創出を追求していたことにあった。余華の魯迅論には、文化大革命後の現代作家の見解が凝縮していた。

竹内と余華の描く魯迅の間には、半世紀以上の時間の隔《へだ》たりがある。余華には文化大革命の体験がある。ともに魯迅を高く評価しながらも、魯迅と毛沢東の関係を含めて魯迅像が多様化している。

丸山昇「魯迅論」　竹内好著『魯迅』は、講談社文芸文庫版（一九九四年刊行）によると一九四四年に初版本が刊行されてから、七種のものが刊行されている。さらに四九年には『魯迅雑記』、五三年には『魯迅入門』（四八年『世界はんどぶっく・魯迅』改訂版）が刊行され、現在に至るまで多くの読者を得ている。

丸山昇著『魯迅　その文学と革命』（平凡社「東洋文庫」）は一九六五年に、『魯迅と革命文学』（紀伊国屋書店）は七二年に刊行されている。竹内「魯迅」、丸山「魯迅」と言われている魯迅論は、現在でも書店で入手できる魯迅論である。

丸山昇の語る「マルクス主義作家」魯迅　丸山「魯迅」は、当然のことではあるが、竹内「魯迅」を意識している。このことは、つぎの記述によってわかる。

私は、今日の時点で、あらためて氏（竹内好）と自分との間にあるちがいを確認し、それを自分の出発点として見定めておこうと思うまでである。それは魯迅像のみにとどまらず、それはマルクス主義のとらえ方から、さらには思想というもの、人間というもののとらえ方についてのちがいのようである……。

魯迅が「マルクス主義者」になったことを強調したものは日本はともかく少なくとも中国には多数あるが、魯迅がどのようにマルクス主義者であったのか、すなわち彼にとってマルクス主義とは、どのような意味を持ったのか、逆に魯迅の受け入れ方が、われわれに何を語るか、といったことは、ごく少数の例外を除いては、十分に問題とされてこなかったといわねばならないだろう。

このように問題を提起した丸山「魯迅」の立場は、つぎのように集約されている。

その（マルクス主義の）独自の貫きかたをたどることで、魯迅ないし中国の近代思想・文学がいわば生まれながらにして持たされていた性格の、重要な一側面を明らかにしたいというのが、私の出発点である。竹内好氏が、最初の著書『魯迅』のモチーフを「文学者魯迅が啓蒙者魯迅を無限に生み出す窮極の場所」に立つことだといわれたその言葉をまねていえば、「革命を窮極の課題として生きてきた魯迅（その彼を形容するのにもっともふさわしい言葉を、のちの彼の言葉から探せば、「革命人」というのがそれであろう）が文学者魯迅を生み出す無限の運動」をたどることが、私の立場だと言えようか。

魯迅に向けたこうした視点は、かれの人間像を幼年期から追う過程で、マルクス主義との出会いをつぎのように結論する。

階級闘争を眼のあたりに見、国民党の裏切りが明らかである以上、彼が共産主義を受け容れるためには、それが彼の考える革命をになうに足る力を持つかどうかだけが問題だったのである。マルクス主義文献の研究、翻訳も、同伴者作家の翻訳も、真にその課題をにない得る存在の発見に至る過程での営みにほかならなかった。

つまり丸山「魯迅」は、魯迅がマルクス主義へと「転変」したのは、「現に目の前にある中国の現実を実際に動かしていると認める具体的な一歩が問題であった」という点を重視したものであった。さらに丸山は、魯迅がマルクス主義に近づく契機となった「革命文学論戦」を「マルクス主義文学論をどう受け入れるか、あるいは受け入れないかという問題ではなかったのではないか」と語り、つぎの結論を導き出していた。

魯迅の文学観の、われわれにとっての新しさは、何よりもマルクス主義に対する、自分をその中に丸ごと投入するのでもなく、逆に丸ごとそれを拒否するのでもない接し方、しかもそれでいて浅薄な折衷主義に陥るのでもなく、マルクス主義の本質的なところが見事に受けとめられているという関係にあると私は考える。

同時に丸山「魯迅」は、マルクス主義の側に焦点をあてるならば、「革命文学論戦」とは、「マルクス主義としてどう受けとめるか、あるいはマルクス主義は、彼のような思想家・文学者の提起する問題を、自分の中に含めうるだけの大きさと枠組みを持っているか、という大問題に、最初にぶつかったときに散った火花のように思える」と語っている。

晩年の魯迅の論争態度

これからみて丸山「魯迅」が語る魯迅には、近代中国文学史のなかで、魯迅を含め、マルクス主義がどのように受容されたのかについての特質を明らかにしようとする試みが読みとれる。

では、魯迅が左翼作家連盟の解散に対して示した姿勢をどのように解釈しているのであろうか。この点について、丸山「魯迅」は、「晩年の魯迅の思想・文学を、その全人格、発想の襞《ひだ》にまでわたって生きた形でとらえたいという問題意識」から魯迅の行動を考察したのである。その結果、論争相手である党員作家周揚らの「作風の問題等々に対する疑問・不信」と文芸界の人間関係が「整理されぬまままいっしょになって彼の心を占め」ていたと考えていた。

魯迅は、国防文学論争において魯迅の立場を支持し、中国共産党員作家から批判されていた詩人胡風《こふう》、作家巴金《はきん》、黄源《こうげん》らを「真に新しい力、革命とより深く結びついている」と評価し、擁護していた。魯迅のかれらに対する擁護には、かれらが「海千山千の既成作家や出版社との折衝や駆け引きにつぶされていくこと」や「生まれてまだ二十年そこその『新文学』自体が、商業主義や権威主義に呑み込まれていくこと」への魯迅の恐れがあったと解釈されている。

魯迅の恐れは、北新書局からの多額の印税未払いや、役人と出版業界が宴会を開き自己検閲している文壇の状況を指し示したものであろう。

丸山「魯迅」は、魯迅の論争時の立場に焦点をあて、魯迅の晩年の行動を語ったのである。

ここで魯迅を「神聖化」していく魯迅没後の左翼文壇の動向を見てみることにしよう。

「神聖化」された魯迅

魯迅没六年後の一九四二年五月に革命根拠地「延安」に在住する作家を招集しておこなわれた「文芸座談会」(「文芸講話」)で魯迅の「神聖化」が図られたことは、すでに指摘したことである。毛沢東の語る魯迅は、毛沢東自身の文学芸術観を実践した人物としてすべての作家が学ぶべき存在となった。毛沢東は、この講話で作家は革命の歯車の一つであること、党員作家は作家である前に党員であり、党の規律を厳格に遵守し、文学は政策を農民大衆が受け入れるための絵解きの道具であることを明確に語っていた。この講話がおこなわれて以降、革命根拠地では、作家独自の「文学者としての気質」や「作風の違い」は、講話の精神に抵触すると判断されると作家は整風運動（思想改造運動）に巻き込まれることになった。

魯迅没後に中国共産党の文芸政策が確立する過程を見るならば、抗日統一戦線下で発生していた論争では、党員作家が示していた文学的姿勢に「文芸講話」へと続く文芸政策の萌芽が観察できるであろう。

本章では、中国共産党党員作家と対立した魯迅の論争態度をかれの死後、かれを支持した若い作家を批判と粛清に導いた中国共産党の文芸政策との関連で考えてみることにしたい。そのために魯迅の論争態度を支えていた文学史観、創作観とかれが追求した作家像を明らかにし、かれが党員作家と対立せざるを得なかった原因を探ることにしよう。

3　三十年代の魯迅の文学史観と創作観とは

左翼作家連盟結成前後の魯迅の文学観　三十年代の魯迅の作家像を観察するに際し、左翼作家連盟結成時に魯迅が語った党員作家への要求と、国防文学論争発生時に表した同じ党員作家と対立した文学的立場に眼を向けてみることにしよう。両者の共通点は、魯迅が「同志」として認めていたにもかかわらず、中共党員作家の文学観へ向けた厳しい批判にあった。この批判には、魯迅が一貫して譲歩できないかれの文学精神が認められる。その文学精神は、魯迅の創作観や中国小説史研究で語られてきた文学史観と密接に結びつくものであり、同時に当時のソビエト文学等の翻訳活動に見られるそれらの世界へのかれの共感となって表れていた。

左翼作家連盟結成前後の魯迅の文学観は、かれが関係した論争のなかで明確に表出していた。その論争とは、国民党と密接な関係をもっていた新月派の梁実秋《りょうじつしゅう》との翻訳をめぐる論争、左翼文学運動に対抗した「民族主義文学」への批判、「文学の絶対的自由」を主張し左翼文学を批判した蘇《スー》文《ウェン》ら「第三種人作家」に向けた批判、時事をめぐる諷刺から発生した論争、大衆語に関わる論争、林語堂らが提唱した「閑適《かんてき》」を基調とする「小品文」への批判等々である。

一方でこうした論争のなかにいた魯迅は、言論出版の自由が抑圧されていた情況のなかでロシア文学等の海外文学の翻訳、中国版画運動への強い関心、雑文の執筆、さらに断片的にではあるが中国小説史を語るなど多方面に活動していた。

魯迅のこうした文学活動が論争を通じてかれの目指す文学の方向性を明らかにしていたのであれば、左翼作家連盟結成時の魯迅の発言は、その原点にあり、それ以降のかれの文学活動を説明するものとなろう。しかもその文学活動のなかで、魯迅が死の直前に中国共産党員作家と激しく対立するまでに至っていた理由が説明できるであろう。

自身の創作を振り返る

魯迅の一連の文学運動を概観する時に、魯迅が民国以来の文学史を語り、また時折かれ自身の小説について語っている解説が注目される。その発言のなかに民国以来の文学作品に新たに生まれている文学的価値を見出している魯迅の文学観とかれ自身の創作方法が観察できる。

魯迅は、創作について「わたしはどのようにして、小説を書き始めたのか」のなかで、つぎのように語る。

例えば、「なぜ」小説を書くのかについていえば、わたしはいまだに十余年前の「啓蒙主義」を抱いていて、「人生のために」であるべきであり、かつこの人生を改良しなければならないと考えている。わたしは以前に小説と呼ばれた「閑《ひま》つぶしの本」を憎んでおり、かつ「芸術のための芸術」を「閑つぶし」の新手の別号にすぎないと思っている。

したがって、わたしの題材は、病的な社会の不幸な人たちから多くとっている。病苦を暴きだし、治療して救えと注意を促すためである。

同様に魯迅は、「阿Q正伝」について「わたしの方法は、読者に自分自身以外の誰を書いているのか見当がつかなくさせて、すぐ人に押しつけて自分が傍観者にならないようにして、自分自身を書いているような、しかしあらゆる人々を書いているように疑わせ、そこから反省の道を開かせるのです」（「『戯』週刊編集者への回答」）と語っている。

この創作方法は、一九三二年一月に「北斗雑誌社の問いに答える　創作はどうすればできるか」、「小説の題材に関する通信」でも同様に語られていた。三四年になると、魯迅は、この時代に「創作の点では、わたしは革命の渦の中心におりませんし、ながらく各地に出かけて考察できませんから、大体、せいぜい旧社会の悪いところを暴露できるだけです」（「国際文学社のアンケートへの回答」）と述べていた。

民国以来の文学史を語る

さらに魯迅は、一九一七年新文化運動から二六年までの十年間の創作と理論を、一九三五年三月に良友図書公司の編集者 趙家璧《チャオチャピー》が編集した「『中国新文学大系』「小説二集」序」のなかで系統的に解説している。

冒頭で魯迅は、『新青年』誌上でかれが発表した「狂人日記」「孔乙己《クンイーチ》」「薬」を文学革命の実績を示した作品として取り上げ、当時「表現の深刻と形式の特異」が認められ一部の青年読者の心をかなり激しくゆさぶったが、「この衝撃は、従来、ヨーロッパの大陸文学の紹介を怠ったせいであった」と説明している。そしてその後出現した『新潮』に投稿した作家、上海の「浅草社《せんそうしゃ》」で活躍した作家、北京の「晨報副刊」「京報副刊」で活躍した作家、また北京の「莽原社《もうげんしゃ》」、上海の

「狂飆社《きょうひょうしゃ》」、魯迅が関係した「未名社《みめいしゃ》」に属した作家の作品を紹介している。

多くの新人作家の紹介のなかで、魯迅は作家、文学史家の馮沅君《フォンユアンチュン》の短編小説集『巻施』を「洗練した生粋《きっすい》の名文」と評価し、そのなかの作品「旅行」を取り上げ、「この一段は、実に、五四運動の直後、毅然《きぜん》として伝統と闘おうとして、しかも毅然として伝統と闘うことを恐れて、そのままやむなく自己の『纏綿悱惻《てんめんひそく》の情（情愛の深いこと）』を復活した青年たちの真実の姿であった。『芸術のための芸術』の作品中の主役が、あるいはその頽廃《たいはい》を誇示し、あるいはその才能を見せびらかすのとは、はっきり違っていた」と語っている。

王魯彦・台静農作品への評価

しかし同じ作者が三年後に出した『春痕』が散文の断片を残すだけに変化したことについて、ハンガリーの詩人ペテーフィの詩の「彼は、苦悩のナイチンゲールですが、いま、幸福に沈黙していますから、彼を苛《いじ》めてください。彼がいつも甘美な唄をうたうように」の一節を引用し、「わたしは、苦悩が芸術の源であり、芸術のためには、作家たちを永久に苦悩におとしておけというのではない。だが、ペテーフィの頃は、その言葉にはいくらか真実があっただけだ。十年前の中国でも、その言葉には、いくらかの真実があった」と評している。

魯迅の作品評価は、多岐にわたる。魯迅は、エスペランティストでもある王魯彦《ワンルーイエン》の小説の特徴を「真の冷静」と語り、『柚子《ザボン》』という一篇は、「世をすねた衣裳の下に、地上の憤懣《ふんまん》をきらめかしていた。王魯彦の作品のなかで、わたしは、最も情熱的だと考えている」と評価し、台静農《たいせいのう》の作品『地の子』、『塔を建てる者』について「彼の作品から、『大いなる歓喜』を吸収しようとするのは、まことに、たやすくない。だが、彼は、文学・芸術を献呈したのである。そして恋愛の悲喜、都会の明暗を争って書いていた当時、田舎における生と死、土地の息吹《いぶき》を紙上に移したことでは、この作者ほど数多く、苦心した者はいなかった」と解説していた。

左翼文壇の現状への不満

こうした解説のなかで魯迅は、「聖賢豪傑であろうとも、その幼かった時代を自ら愧《は》じる必要はないと思う」と語りながら、編集を締めくくっていた。

同様の作品評価は、かれが黄埔軍官学校第三期生の葉永蓁《イエユンチエン》の『小さな十年』に序文を書き、「社会のためにいささかの貢献をした」と述べ、この書物の主人公が「なにしろ前線におもむき、歩《ほ》哨《しょう》をつとめた（銃を撃つ方法も教わらなかったとはいえ）のであって、たんに膝をかかえて哀歌し、筆をにぎって慨嘆するのみであった文豪たちにくらべて、まったくの話、はるかに実際的である。今日の兵士たちはすべて意識が正しく、かつ鋼鉄よりも強い兵士でなければならないとするのは、単にユートピアの空想であるにとどまらず、情理にはずれた酷な要求というものであろう」と語っていたことにも表れていた。

魯迅のこの評価は、『申報』紙上に出現した批評が「あの書物の主人公の従軍は動機が自分のためだからというので、それを大いに不満とした」ことへの反論であり、「革命文芸でも、彼は徹底した完全な革命文芸を要求し、時代の欠陥の反映でもあろうものなら、一笑だに値しないと眉をしかめる」（「非革命的急進革命論者」）左翼文壇の現状に対する批判でもあった。

現代中国文学創造の試み

このような魯迅の文学観は、「いまや書斎で書物をおしいただいて、宗教、法律、文芸、美術……等々の高尚な議論にふけるときではない。かりにそれらを議論するにせよ、まず習慣や風俗を知り、かつそれらの暗黒面を正視するだけの勇気と気魄《きはく》をもたなければなるまい。正体を見極めないことには、改革もヘチマもないからである」（「習慣と改革」）という主張に結びついていた。

魯迅は、こうして民国以来の現代文学史を語り、批評家の役割の重要性を指摘し、批評家が存在していない文壇の情況に厳しい視線を向けていた。

魯迅の中国新文学に対するこれらの評価には、かれが認識した文壇の状況を是正する試みがあり、その方法として海外文学の翻訳紹介が結びついていた。魯迅の海外文学への強い関心は、新たな現代中国文学の創造への試みでもあったのである。

海外文学作品を翻訳紹介する魯迅の意図は、一九三二年六月に「翻訳に関する通信」で語られている。

冒頭で魯迅は、「大衆の中のどのような読者のために訳すのかを決めてかかる必要がある」、ほとんど文字が読めないものは、「『読者』の範囲外で、彼らを啓発するのは、絵画、講演、演劇、映画などの仕事」であり、「ほぼ字が読めるもの」に提供するものは、「いまのところ翻訳はだめで、少なくとも改作物、できうべくんばやはり創作です。が、その創作にしても、たんに読者の好みに迎合し、読む人間が多ければそれでよし、といったものでないことが必要」と指摘し、しっかりした教育を受けた読者に「提供する翻訳書については、どんなものであれ、わたしはいまでも『こなれていなくとも忠実である』ことを主張するものです」と語った。

海外文学作品紹介の重要性　この主張には、そうした翻訳書は、新しい内容を輸入するにとどまらず、新しい表現法をも輸入する意図があった。魯迅は、「中国の文章や言葉は、実際規則があまりにも粗雑すぎます。……語法の粗雑さは思考の粗雑さを示すもので、換言すれば、頭脳がいささかぼけているのです。仮にいつまでもぼけた言葉を使っているようであれば、たとえすらすらと読めたにしても、結局のところ得られるのはやはりぼけた影でしょう。この病を治すには、しばらく苦労を続け、古いもの、よその土地のもの、外国のものなど、違った句法をつめこむしかなく、やがてそれを自分のものにすればよい、とわたしは思います」と考えていたのである。

魯迅の考えは、三十年代上海文壇で多くの海外文学作品を紹介する必要性を説くものであり、翻訳紹介された一つ一つの作品には魯迅の文学観が投影され、読者に紹介されていた。魯迅の翻訳作品に付けられた「まえがき」は、魯迅がそれらの作品のなにを重要視していたのかを教えてくれる。

そのなかで魯迅が「わたしが読んだかぎりで言えば、ルナチャルスキー（ソ連の文芸評論家）の『解放されたドン・キホーテ』、ファジェーエフ（ソ連の作家）の『壊滅』、グラトコフ（ソ連の作家）の（経済復興を描いた）『セメント』など、この十一年間、中国でこれらに匹敵しうる作品はない」（「『硬訳』と『文学の階級性』」）と語っていることは、かれの文学観を考えるのに示唆に富むものである。なぜならば、かれの発言は、「『新月社』流の作家について言う」のと同時に「無産作家と称する作家たちの作品からも、これらに相当する成果を上げることはわたしにはできない」と断言しているからである。

覚醒した知識人の任務

このように語った魯迅は、ロシアの作家トルストイ、フランスの作家フローベルについて「彼ら二人は、現在のために書いたのである。未来は現在の未来であって、現在にとって意義があって初めて、未来にとって意義がある」（「『第三種人』を論ず」）と語り、ドストエーフスキイについては、「罪人と共に苦しみ、拷問官《ごうもん》と共に面白がって喜んで居るらしい。それは決して只《ただ》の人間の出来る仕業でなく、つまり偉大であったからである。しかし自分はたびたび読んで行く事をよさうかと思った」（「ドストエーフスキイ」）と評価した。

また魯迅は、国内の作品では左連のメンバーの一人で作家葛琴《コーチン》の作品集の「『総退却』序」で「この一冊の小説集は、この時代の産物であり、はっきりと変化脱皮したことを示しており、人物は英雄でなく、風光も明媚《めいび》でない。だが、中国の眼を点睛《てんせい》しているのである」と解説していた。

こうして文学史観と創作観を語った魯迅は、「歴史の教示によると、あらゆる改革は、最初は、つねに、覚醒した知識人の任務である」と考え、知識人は「自分を軽視して、人々の道化役だとみなすことはしないし、他人を軽視して、自分の手下とすることもしない。大衆のなかの一個人にすぎない。わたしは、そうあってこそ、初めて大衆のための事業をすることができる」という作家像を生み出していた（「門外文談――素人の文学談議十一」）。

4　魯迅が追求した作家像

評価したプレハーノフの『芸術論』　左翼作家連盟時代の魯迅の民衆観は、一九二〇年代のかれの民衆観と比べてどのように変化したのであろうか。変化があるとすれば、その変化は魯迅の文学観とどのように結びつくのだろうか。魯迅は、この時代に「事実の教訓によって」という表現をしばしば用いている。この言葉は、革命によるソビエト社会の変貌とそこに生まれた文学作品、現代ソビエト作家の果たしている役割への高い評価を含むものと理解できる。魯迅のソビエト革命への評価は、一九三〇年六月の「『芸術論』（プレハーノフ著）訳本の序」のなかに見られる。魯迅は、この書をレーニンが「国際的な一切のマルクス主義の文献のうちで、もっとも傑出した作品」であると語っていたと述べ、つぎのように評価する。

プレハーノフが究明したのは、社会的人間が事物や現象を見る場合、はじめは功利的観点よりし、のちに初めて審美的観点へ移行していくのだ、ということである。人類が美だと考えるすべてのものは、すなわちその人にとって有用であるもの——生存のために自然および他の社会人との間に生ずる闘争において意義を有するもの、である。功利は理性によって認識されるが、美は直観的能力によって認識される。美を享楽している際は、功用にはほとんど思い到らないが、科学的分析によってそれは発見することができる。したがって、美的享楽の特殊性は、すなわちその直接性にあるが、美的悦楽の根底に功用が潜《ひそ》んでいなかったとしたら、その事物は美とは感じられないのである。人が美のために存在するに非《あら》ずして、美が人のために存在するのである。——プレハーノフが、唯心史観の持ち主の忌み嫌う社会、種族、階級等の功利主義的観点を芸術に導入したのが、この結論である。

魯迅がこのように語ったことは、同じ時期にプロレタリア文学が存在するか否かをめぐって、新月派の梁実秋と論争していたなかに反映されていた。魯迅は、この論争で文字の読めない大衆を読者の範疇から除外した梁実秋の文学観を批判し、将来の読者となる大衆の存在の可能性を確信していた。ここにかれが「唯心史観の持ち主の忌み嫌う社会、種族、階級等の功利主義的観点を芸術に導入した」プレハーノフの文学論に触発され、その観点を自らの文学論に組み入れた形跡が確認できるのである。

変化した民衆観

このように魯迅は、民衆を読者の対象と考え始めた時、当然、かれの民衆観に変化が生じていたはずである。その変化は、一九三三年七月と十月にかれがつぎのように語ることに表れていた。

紹興の堕民《だみん》はすでに解放された奴隷である。……堕民の出入りする主人の家は決まっていて、勝手にどこでも行けるわけではない。……非常に貧乏して、出入りする権利を他人に売り渡しでもせぬかぎり、旧主人との関係は切れない。……ごくわずかな御褒美《ほうび》のために、奴隷であることに安んずるばかりか、より広範な奴隷になりたがり、そのうえ金を出してまで奴隷になる権利を買わなければならない。これは堕民以外の自由人には、夢にも思いつかないことだろう（「『堕民』を語る」）。

酷《こく》に教育されて、人々は酷をみても酷だとは感じなくなった。例えば、わけもなく何人かの民衆を殺すと、以前はみんなが騒ぎだしたものであるが、いまでは、日常茶飯事を見るようである。人民は支配されつづけて、無感覚な、厚い皮の癩《かさ》かきの象のようになってしまった。だが、癩かきの皮ができたからこそ、残酷を踏み越えて前進することができる。これも虎吏《こり》と暴君が予想しなかったことで、たとえ予想したとしても、打つ手はまるでないのである（「偶成」）。

ぶつかることが発明される

二つの雑文は、ほぼ同じ時期に書かれたものである。最初の雑文には、魯迅のこれまでの民衆観が表現されている。しかしその雑文を次の雑文とあわせて読むならば、魯迅は民衆のもつ「愚昧《ぐまい》」を語りながら、その愚昧を「癩かきの皮」と解釈し「残酷を踏み越えて前進する」民衆観となっていた。

魯迅は、このように民衆を語り始めていた。魯迅は、これまで「ばらばらの砂」（「砂」）にされてきた民衆が「はう人間があまりに多く、はい上がれる人間があまりに少ないと、失望がだんだんと善良な人々の心を浸蝕《しんしょく》し、少なくとも、ひざまずいている人間の革命が起こる。かくしてはうほかに、ぶつかることが発明される」（「はうこととぶつかること」）と認識していたのである。

魯迅のこうした民衆観は、かれの最晩年に「まことに、人民は、『詩経《しきょう》』や『書経《しょきょう》』を読まず、歴史の法則に暗く、美玉から瑕《きず》を求め、糞から道理を探すことはわからないけれども、大局から見て、黒白は明らかであり、善悪を区別することができ、高尚で万事に通暁した士大夫さえとても及ばないところがしばしばある」と語るに至っていた。

芸術と民衆の関係

このような民衆観を語った魯迅は、一九三五年三月「田軍（蕭軍）『八月の村』序」で「この書物は、『心の征服』を妨碍《ぼうがい》する。心の征服は、まず中国人自身に代行させる必要がある。宋は、道学でもって金、元のため、心を支配した。明は、党獄でもって満清のため、口をふさいだ。この書物は、当然、満洲帝国に容れられないであろう」と指摘し、中国に新たな文学が誕生していることを指摘していた。

魯迅の文学活動をかれの民衆観の推移のなかに見ていくならば、文字をもたない民衆をその対象とすることが課題となる。このことを表すものは、「リヴェラの壁画『貧しき人の夜』解説」であろう。この解説で魯迅は、メキシコの壁画運動の中心メンバーの画家の作品について「リヴェラは、壁画こそ最もよく社会的責任を果たし得ると考えた。なぜなら、それは、貴族の邸内に秘蔵される絵とは異なり、公共建築物の壁の上にあり、民衆のものとなっているからである。このことから、もしいまなおサロン（Salon）絵画に心を傾けるとしたら、それこそ現代芸術の中の最も好ましくない傾向だということもわかるというものである」と語り、民衆と芸術の関係を語った。

魯迅がラテン化した中国語や木刻版画に関心を寄せることになったのには、同様の理由が観察できる。かれは、文字のラテン化について説明している。

ラテン化は、その空談という欠点がない。言えることは、書き表せる。それと民衆とはつながっている。研究室や書斎での愛玩物《あいがんぶつ》ではなくて、市井《しせい》のなかにある物だ。それと旧文学との関係は浅いが、人民とのつながりは密接だ。もし人々が自分の意見を発表できて、さしせまって必要な知識を収穫できるようにさせたいなら、それ以外に、もっと簡易な文字は確かにない（「新文字のこと」）。

中国伝統文化への厳しい姿勢

魯迅は、木版画については、「木刻は中国にもともとあったものであるが、久しく地下に埋没させられていた。いま、復興せんとするが、新しい生命に充ちみちている。新しい木刻は、剛健にして分明、新しい青年の芸術であり、すばらしき大衆芸術である」（「『無名木刻集』序」）と木版画の発展に期待を寄せていた。

魯迅の文学活動には、これまでのかれの主張が底流に存在していた。先にラテン化文字の使用を提唱した魯迅がラテン化文字で作品が書かれることで「初めて中国文学の新生があり、現代中国の新文学がある。なぜなら、彼らは、『荘子《そうし》』や『文選《もんぜん》』その他の毒に少しもあたっていないからである」と語ったことである。この主張は、魯迅が一貫して中国伝統文化に対し、厳しい姿勢を示していたことを表している。魯迅は、「あらゆる新制度、新学術、新名詞が、中国に伝わると、黒い染物がめに落ちたように、たちまち真っ黒になり、私利を図り勝手なことをするための道具と化してしまう」(「偶感」)と語っている。

この時期の魯迅が科学を迷信と取り換えられるならば、「宿命の思想も、中国人から離れるであろう。和尚、道士、呪《うらな》い師、星占い、地相見……の宝座が、すべて科学者に譲り渡されたなら、我々も、一年中、心霊や幽鬼とつきあう必要もなくなるだろう」(「運命」)と考えていたことは、かれの従来から抱いてきた主張であった。この主張は、外国から「持ってこないかぎり、人は、自ら新しい人間になれない。持ってこないかぎり、文学芸術は、自らを新しい文学芸術にしていくことはできない」(「持ってこい政策」)という信念から出されていた。

文学の普遍性には限界がある　この時の魯迅は、かれの文学的立場を「一方で破壊する者がいても、一方で保護し、補い、推し進める者がいるからこそ、この世は荒廃には至らないのである。私は後者の部類に属したいと思うし、また明らかに後者の部類に属している」(「『悪い子供とその他の奇聞』訳者後記」)と考えていた。

こうした立場を明確にしていた魯迅は、かれが深く関わりをもった論争のなかで、かれが追求していた作家像を表していた。

新月派の梁実秋との論争の三年後に魯迅は、つぎのようにかれらの文学者の限界に言及していた。

三年前の新月社の諸君子は、不幸にも焦大（『紅楼夢《こうろうむ》』中の人物、賈家の下男《げなん》）と似た境遇に置かれてしまった。彼らは経典に拠《よ》りつつ、国民党と国家にすこしばかりの御意見を遠まわしに申し上げた。基づいたのがおおむねイギリスの経典であったとはいえ、党や国を害せんとする悪意がいささかなりともあったわけでなく、ただこんなふうに言ったにすぎないのだ。「旦那さま、よそさまの着物はとてもきれいです。あなたさまのは少しばかり汚れておりますから、一度お洗いになったらいかがですか」。ところがなんと、……口いっぱいに馬糞《ばふん》をつめこまれてしまった（「言論の自由の限界」）。

この見解には、梁実秋との論争でも主張されていた文学の普遍性に限界があると考えるつぎの見解も存在している。

文学には普遍性があるが、限界がある。かなり永久的なものもあるが、読者の社会体験によって変化を生じる。北極のエスキモー人やアフリカ奥地の黒人は、「林黛玉《りんたいぎょく》（『紅楼夢』の登場人物）タイプ」というものを理解できまいと私は思う。健全で合理的なよい社会のなかの人にも、理解できまい、彼らはたぶん我々が始皇帝の焚書《ふんしょ》の話や、黄巣《こうそう》の殺人の話を聞くよりもずっと隔たりを感じるにちがいない。変化があるなら、永久ではない、文学にだけ不変の姿があるというのは、夢をみている人たちの寝言である（「読書ノート」）。

この主張は、当時、文学の「絶対的自由」を主張し、左翼文学運動を批判していた「第三種人文学者」を自認する雑誌『現代』編集者の蘇文《スーウェン》たちへの批判に向かっていった。

容認できない文壇の現状

魯迅の「第三種人文学者」に対する批判は、当時の文壇に対する批判に結びついていた。かれは「革命文学殲滅《せんめつ》のためには、やはり、文学的武器を使用しなければならなかった」と述べ、「その武器として出現したのが、いわゆる『民族文学』である」と語り、その後に「第三種人」が出現し、さらに「ほんとうの武器が出てきた。一九三三年十一月、上海の芸華影片（映画）公司は、突然、一群の人々に襲撃され」、「書店の圧迫は、本当に最良の戦略」となり「上海に書籍雑誌検査処が設立」され、「中央宣伝委員会は、大量の図書、合計百四十九種も発売禁止にした」と文壇の状況を説明していた。さらに魯迅は、「文壇での事件はまだたくさんある。検閲の秘計を献上《けんじょう》した者、離間の奇策を施行した者、謡言を中枢に飛ばした者、真実を心中に蔵した者、往年白旗を掲げながら、今日旧交を温めた者……など」（『准風月談』後記」）と批判の対象を列挙している。

ここで魯迅の主張に「虚構の物語からも、社会心理の一斑は窺《うかが》えるであろう」（「病後雑談補遺」）と考える文学史観が存在していることに注意を向けなければならない。かれは「中国は、確かに、まだ『三国志演義』と『水滸伝』も盛行しているが、それは、社会に『三国志』の気風と『水滸伝』の気風がまだあるからである」（「葉紫《イエツー》『豊収』序」）と語っている。

林語堂が提唱する「小品文」への批判

魯迅のこうした文学史観が鮮明に表れた論争は、この時期に林語堂らが「ユーモア」を提唱した小品文に向けたものであった。魯迅は、林語堂が創刊し一年経過した『論語』を「爆弾空に満ち、河水野に漫《みなぎ》る処《ところ》の人々が『ユーモア』を口にすることが望めるだろうか。……このような年に、『論語』がどうしてうまくやっていけよう。二十五冊出ただけでも、『亦《また》楽しからず乎《や》』なのだ」（「論語一年」）と皮肉った。その際にかれは、明末の小品文を対比し、それは「比較的に頽廃《たいはい》的であるが、すべてが吟風弄月《ぎんぷうろうげつ》（風に吹かれて詩歌を詠じたり、名月を観賞したりする）ではなく、そのなかには不平があり、諷刺があり、攻撃があり、破壊がある。この作風は満洲の君臣のかねての不安にふれ、虐殺を助ける多くの武将の刀鋒《とうほう》、幇間《ほうかん》（他人に媚《こ》びる）の文臣の筆鋒《しっぽう》を費やして乾隆年間にいたり、ようやく制圧したのである。以後はどうか。『小さな飾り物』がやってきた。『小さな飾り物』に大きな発展があるはずはない」、「現在の趨勢《すうせい》は、……青年たちがこの『小さな飾り物』をなでさすって、粗暴が風雅に変わるようにしよう、というものであった」（「小品文の危機」）と語っていたのである。

小品文に関する魯迅の見解は、その後もしばしば「ユーモアは滑稽に、滑稽は笑い話に、笑い話は諷刺に、諷刺は漫罵《まんば》になった」（「考えてから行動する」）と語られ、「この『ユーモア』というのが、またいつも『からかう』という暗渠《あんきょ》に落ち込むようなものになっていた」（「揶揄《からかい》は揶揄にすぎないと考える（上）」）という批判につながっていた。

魯迅は「みんなの眼を醒《さ》ましてやるため」（「読書忌」）に諷刺作品は、「写実でなければ、決していわゆる『諷刺』にならない」（「諷刺について」）と考えていた。魯迅にとって「中国で滑稽文学と思いこまれているものは、ふざけ、軽薄、猥褻《ひわい》の類であって、本当の滑稽文学とは別物」であり、「滑稽は淡白さが一番で、淡白であればあるほど滑稽が加わる」（「滑稽の例解」）ものであったのである。

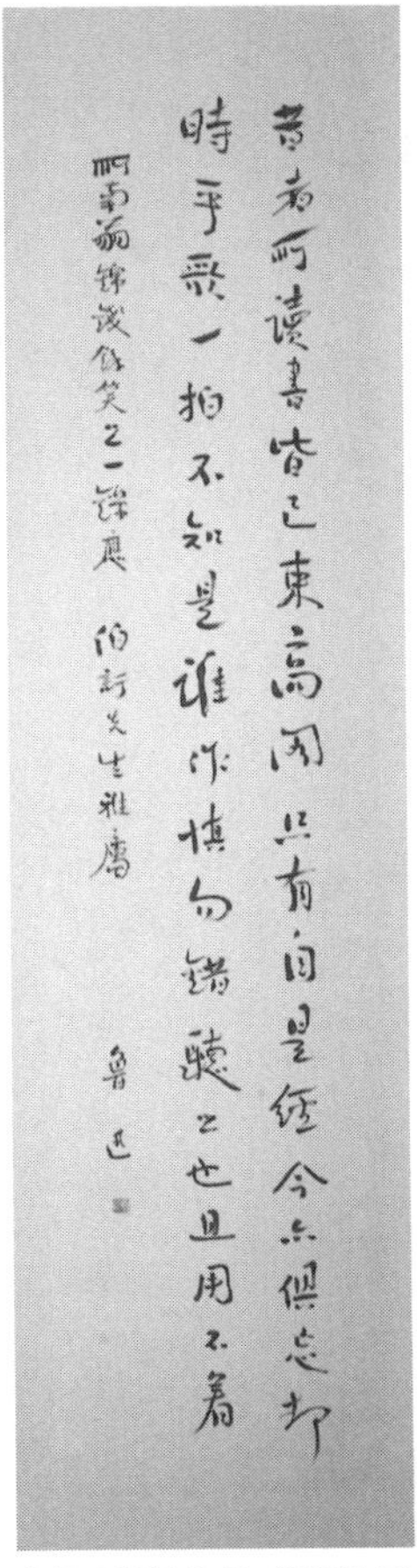

魯迅の書法作品（1935年３月『人間世』編集者徐訏に贈呈した書）

「正しい文学観は人を騙さない」　これらの批判から、魯迅が追求していた作家像を窺い知ることができる。魯迅は、梁実秋を「ひときわ高尚な文学者は自分で規則をもうけ、彼の『文学』を理解しない連中を、すべて『人類』の外に押し出し、その普遍性を保持する。文学にはまだ別の性質があることを、彼はどうしても言いたがらない」（「読書ノート（二）」）と批判した。またかれの古くからの論敵であった「『現代評論』が店を譲渡したのは、圧力のためなんかではなく、この派の作者が急に栄達したからである」と考え、「『新月』がさびれたのは、古い同人がみな『はい上がって』、月との距離が大きくなったからである」（「教えを食う」）と語っていた。魯迅は、これらの批判のなかで清朝人が八股文《はっこぶん》を「門をたたく煉瓦《れんが》」と言って科挙に合格したら煉瓦は無用になる喩《たと》えを用いていた。

魯迅が「正しい文学観は人を騙《だま》さないものである」と語り、「その指摘するところは、おのずと彼ら自身が証明するのである」と考えていたことのなかには、魯迅が論争を通じて追求していた「正しい文学観」をもつ作家像が語られていたのである。

以上で一九三〇年代の魯迅の文学観とかれが追求した作家像を明らかにしてきた。かれが導き出した結論は、左翼作家連盟盟主魯迅の見解であったが、その見解の根底には、かれの変化することのない従来の文学観が反映されていたことがわかる。同時に専業作家魯迅の内面に古典文学者魯迅の現代を透視する眼が具《そな》わっていることが確認できる。すでに指摘したことではあるが、魯迅が魏晋の時代の文人の姿を語った時にかれは理想とする作家像をすでに提示していたのである。

5　革命作家魯迅のなかの古典文学者魯迅

魯迅が語る中国小説史の流れ

それでは再度、古典文学者魯迅の描いていた文人像が、革命文学者魯迅が追求していた文学者像に映し出されていたことについて考えてみよう。

魯迅の講演の一つに「中国小説の歴史的変遷」と題するものがある。これは、かれが一九二四年七月に西安で講演した時の原稿である。

魯迅の中国小説史の研究は、一九二三年、二四年に北京大学新潮社から『中国小説史略』と題し上、下巻が刊行され、その後、合本、そして改訂版が出されている。魯迅が中国小説史の研究に並々ならぬ関心を生涯もちつづけた研究者であったことは、三五年に『中国小説史略』の日本語訳『支那小説史』が刊行された時、「積習はやっぱり除き難いものらしい。小説史に関することは時としてまだ注意を向けることもある」（「日本訳本に対する著者の言葉」）と語っていることからもわかる。

魯迅の研究姿勢は、中国小説史の潮流から「中国の進化の跡」を見出そうとする発想をもつ。このことについては、講演の冒頭でつぎのように語っている。

中国の進化の跡をながめてみますと、きわめて特異な現象が二つ、あります。一つは、新しいものが現れてから大分《だいぶ》たって古いものがもどってくることです。すなわち、反復です。もう一つは、新しいものが現れてから大分たっても、古いものが残っていることです。すなわち、混合です。しかしながら、これは、進化ではないとも、いえません。ただ、比較しておそいだけで、その結果、わたしたちのようにせっかちな人が、一日千秋《いちじつせんしゅう》の思いをするだけです。……今日でも、多くの作品に、唐代や宋代の、いや、それどころか原始時代の人民のものの考え方や表現方法の糟粕《かす》までが、まだ、残っているのです。

このように語った魯迅は、この講演で逆行と混乱の渦中にある作品の中から発展への手がかりを見つけつつ、中国小説史を概観していた。

中国小説史研究のなかの小説観　魯迅の中国小説史研究の構想には、先に指摘した三十年代の文壇で問題となった「小説の諷刺とはなにか」を含めた小説観が表れており、それが三十年代の雑文に表出していくことになる。その一例は、かれが一九三六年十月に中国の民衆観を「宋、元、明三代の王朝の圧迫、殺戮《さつりく》、そして麻酔を経たからこそ、こういう体《てい》たらくになったのである。人民は、四年前の春、目覚めたが、宋、元、明の教養もやはり目覚めてしまった」（「これを証拠に（六）」）と語った時、「中国小説の歴史的変遷」の冒頭で語った「反復」の現象が語られている。

　魯迅は、中国小説史研究の視点と密接に関わる文学観を根底に据《す》え、かれの生きた時代を透視していたのである。ここに魯迅の創作家としての発想が観察でき、かれが問題とした時代の抱える「病根」が描き出されていた。

魯迅が実践する文学運動

魯迅のこうした姿勢は、「狂人日記」「阿Q正伝」の作者のものであり、晩年に至っても一貫していた。しかも晩年の魯迅は、左翼作家連盟に加わるなかで文学観を鮮明にしつつ、理想とする文学者像を追求し続けていた。この時期、魯迅の周囲には信頼のおける若い作家が集まってきていた。またソビエトの社会主義建設とそこでの革命作家の現状に心を寄せ、かれが理想とする作家が存在していることを認め、中国の文壇の将来像を描き始めていた。こうして左翼作家連盟は、魯迅が中国においての文学運動を実践する場となっていた。

　しかし左翼作家連盟結成前後の魯迅の発言と国防文学論争における魯迅の立場を検証するならば、魯迅の革命文学論争での主たる論敵であった創造社の革命作家への厳しい批判は、「同志」的関係にあったものの一貫して変化することなく存在していたことがわかる。

「同志」的関係の崩壊

例えば、一九三三年七月に「『偽自由書』前記」で「正直に言うなら、私はこれまでずっと創造社の人物はできるだけ避けてきた。それは、彼らが昔から特別に私を攻撃し、ときには人身攻撃まで加えるからだけではなく、むしろ彼らの『創造』面《づら》が主たる理由であった。彼らのなかには、のちに隠士《いんし》になったものもあり、金持ちになったものもあり、実践的な革命家になったものもあり、スパイになったものさえいるが、『創造』という大旗の下にいたときは、常に意気軒昂《けんこう》とし、まるで汗をかくのも、くしゃみをするのも、すべて『創造』であるかのようだった」と、つぎのような嫌悪感を表していた。

革命文学者がもしその文学を、革命をいっそう深化させ展開させるために役立てようと思わず、逆に革命を借りて自分の「文学」を売り出そうとするならば、革命の高揚期においては、彼はまさに獅子身中《ししんちゅう》の虫であり、革命がひとたび難に遭えば、必ず以前の「良心」を発見して、あるいは「孝行息子」という名目、あるいは「人道」という名目、あるいは「いま難に遭っている革命よりももっと革命的」という名目で、戦線から離脱し、良くて沈黙し、悪ければチンコロとなるのである。これは私の「毒ガス」ではなく、お互いの眼で見ている事実である（「『偽自由書』後記」）。

魯迅の革命文学者への批判は、一九三五年一月の「『小説旧聞鈔』再版序言」で初版が刊行された時に「このような書物を作ったのが閑暇《ひま》のある証拠だし、金持ちの証拠」だと罵った革命文学者を「上海の馬鹿ども」と形容するに至っていた。さらに同年十月に「忘れもしないが、わが成仿吾《せいほうご》先生は、二つの斧《おの》をふりまわして、『創造』の大旗の下に躍り出たとき、こう言ったことがあった。流行の作品を読むのは恥ずかしくてできない。人の顧みないところから作家をとり出したいと。それは結構である。……あまり結構でないのは、彼の振り出したその一枚の手形である。十年あまりたった現在、まだ、現金化していない」(「『題未定』草（五）」)とも語っていた。

革命文学者への批判は、左翼作家連盟結成時から存在し、最終的に「同志」的関係は崩壊していった。この一連の経過のなかに魯迅の雑文が存在し、雑文を支える文学観が中共党員作家の文学観との対立を導いていた。魯迅と革命文学者のそれぞれの文学上の立場は、一貫して変化することがなくそれぞれが固執し続けた。

もし魯迅が左翼作家連盟の解散に賛同していたならば、その時点でかれはこれまでの文学的立場を放棄したことになる。しかしそれを拒絶した魯迅も死後六年を経たのちに毛沢東により「神聖化」され、それ以降「一つの言葉」となる運命を蒙ることになった。

本章の冒頭で日本の代表的な魯迅論である竹内「魯迅」と丸山「魯迅」を紹介した。竹内「魯迅」は、魯迅と中国共産党員作家との対立を「無意味な」ものであると語っているが、魯迅没後に左翼文壇に出現した魯迅を「神聖化」する政治潮流に目を向けるならば、この対立を引き起こした魯迅の「文学者の気質」こそが論争に重大な意味を与えていたと解釈を加えることができる。

また丸山「魯迅」で語る魯迅の論争の姿勢、つまり党員作家周揚との作風の違いが存在し、また文壇の悪しき風潮から生まれたての「新文芸」を守ろうとしたと考える見解は、左翼文壇に当初から存在していた中国共産党員作家の作風への不信感から生じていたものであり、彼らの作風が魯迅が進めていた文学運動への阻害となる情況が生まれていたことに反発したと説明することができる。さらに、この論争で魯迅の示した反発の論点は、魯迅死後に現れる中国共産党の文芸政策に胡風ら左翼作家の見解が抵触した時に出現していくことになる。

魯迅文学の普遍性

魯迅は、中国でも日本でも長い間、その時代、社会、政治風潮のなかで語られてきた作家である。魯迅の文学が描く時代と社会のもつ「病根」がいつの時代にも普遍性を提起しているのであれば、これからも魯迅はさまざまに読まれ、語り継がれる作家となる。その時、魯迅は政治が作りあげた革命作家像から抜け出た姿をわたしたちの前に出現させるに違いない。その姿は、創作家、文学史研究家、海外文学の紹介者、版画運動の普及に尽力し、中国文化の再生を使命としていた多面的な文人の姿であり、なによりも国民性の改造の実現を願った文人の姿である。

あとがき

私と林田愼之助先生との関わりは、今から三十六年前に始まる。先生の『魯迅のなかの古典』を読んで感動し、先生に私の魯迅に関する論文の抜き刷りをお届けするようになってからである。当時、先生は九州大学文学部の助教授であった。同じ創文社からすでに『中国中世文学評論史』を出されていた。先生は中国古典文学研究者であったが、魯迅の専門家ではなかった。その先生が古典文学者魯迅に関心をもたれたのは、おそらく魯迅の「魏晋の風気および文章と薬および酒の関係」という論文に触発されてのことであろう。

魯迅は若い時から、専業作家となってその生涯を終えるまで、中国の古典文学に強い関心を寄せてきた。中国の古い書物には毒があるので読むなと若者に呼びかけた魯迅が、実は中国古典文学の研究者であったという、その矛盾が魯迅文学の深さにつながっていると、林田先生は考えられておられた。

『魯迅のなかの古典』が出た直後、これを読んだ当時北海道大学の助教授であった中野美代子氏は、雑誌「創文」や新聞の文化欄に、その書評を寄稿している。それによると、〈独自の魯迅像を描いた竹内好の『魯迅』以後の研究は、魯迅を古典化して風化させていく傾向にあったが、『魯迅のなかの古典』は、古典文学者としての魯迅の業績を総ざらいして、実に新しい生き生きとした魯迅の全体像を描き上げており、「偉大な魯迅」よりも時空を超えた文学の普遍的な面白さをそなえた魯迅がふかく掘り下げられている。一方では風化し、一方では古典化した魯迅に、古典を通して新しい生命を吹き込んだ林田氏の腕力に敬意を表したい〉というのが、中野美代子氏の評価であった。

たしかに私は林田先生の魯迅論に触発されてはいたが、当時中野美代子氏のように深読みはできていなかったというのが率直な告白である。そんな私に、あるとき上京された先生から、清水書院の「人と思想」のシリーズの一冊として『魯迅』を書くように依頼されているが、いまだその約束を果たしていないので、共著というかたちで書いてみないか、とお勧めがあった。

私はもともと慶應義塾大学大学院法学研究科で、中国の文芸政策を研究対象としてきた。毛沢東の「文芸講話」が出て以来、胡風をはじめとして多くの中国の文学者が整風運動の名のもとに批判され粛清の対象にされていた。私は粛清された文学者の多くが魯迅に親近感を抱いていたことに気づいてから、魯迅の人と文学に関心をもつようになっていた。

「文芸講話」で魯迅が「神聖化」される一方で、魯迅から出発した文学者たちが粛清されていくという矛盾に疑問を強く抱いた私は、革命文学者として神聖化された魯迅像でなく、魯迅文学それ自体を率直に享受することが大事だと考えるようになった。魯迅の全体像を描くためには、『魯迅日記』をしっかり読み込む必要があると思い、そこから浮かび上がる魯迅の生活と文学の思想に留意することにも努めてきた。

こうして出来上がったのが、この一冊の『魯迅』である。試行錯誤を繰り返すなかでいくどか林田先生の手厳しい助言を受けることもあったが、いまは私なりの文学者魯迅の像をとらえることができたと思っている。

最後になったが、いっとう最初に、林田先生に『魯迅』を書くように勧められた広島大学教授の鈴木修次氏はすでに亡くなられたが、その遺志を受け継いで、快く編集にあたってくださった清水書院編集者の皆さんに感謝の意を捧げて、このあとがきを終えることにする。

小山三郎

二〇一七年十一月吉日に記す

魯迅年譜

西暦	年号	年齢	年譜	参考事項
一八八一	明治一四	一	9月25日（旧暦8月3日）浙江省紹興城内東昌坊口周家に生まれる。	10月、（日本）明治十四年の政変。
九三	明治二六	一三	秋、祖父周福清、科挙の不正事件のため下獄、親戚の家に避難する。	
九四	明治二七	一四	8月1日、日清戦争勃発。 春、家に戻る、三味書屋で学ぶ。 冬、父親重病となる（1896年10月12日病死）。	
九八	明治三一	一八	5月1日、南京へ、江南水師学堂入学。 10月、江南陸師学堂に改めて受験。	
九九	明治三二	一九	1月、江南陸師学堂入学。 この年、義和団事件起こる。	
一九〇一	明治三四	二一	在学中、厳復訳『天演論』（ハックスリー原著）を読む。	
〇二	明治三五	二二	1月27日、江南陸師学堂卒業。 3月24日、南京から船で日本へ（4月4日横浜に到着）。	1月、日英同盟協約調印。
〇三	明治三六	二三	7月13日、祖父病死。	

一九〇四	明治三七	二四	9月、仙台医学専門学校入学。	2月、日露戦争勃発（～1905年）。
〇六	明治三九	二六	（3月に退学し、東京へ）夏頃、帰省し朱安と結婚。その後、東京へ。	11月、日本、南満州鉄道株式会社設立。
〇七	明治四〇	二七	夏、許寿裳らと文芸誌『新生』出版準備、実現せず。	
〇八	明治四一	二八	11月14日、光緒帝死去。 12月2日、宣統帝溥儀即位。	
〇九	明治四二	二九	3月、『域外小説集』第1冊出版、（7月27日第2冊出版）。 7月、帰国。 8月、浙江杭州の両級師範学堂、化学・生理学教員（1910年7月辞職）。	
一〇	明治四三	三〇	9月、紹興府中学堂監学、生物学教員（1911年7月辞職）。	8月、日本、韓国併合（～1945年）。
一一	明治四四	三一	10月10日、辛亥革命勃発。	
一二	明治四五・大正元	三二	2月、浙江山会初級師範学堂校長辞職。 3月、南京臨時政府教育部員として教育総長蔡元培の招きを受ける。 5月、政府、北京へ移転のため、北京に居を移す（宣武門外南半截胡同紹興県館）。 8月21日、教育部僉事に任命される、（8月26日社会教育司第一科科長に任命される）。	

一九一三	大正二	三三	10月6日、袁世凱、正式に中華民国大総統に就任。 10月15日（～20日）『嵇康集』校勘。	
一四	大正三	三四	4月、本月より仏教の書籍を大量に購入し始める。	7月、第一次大戦勃発（～1918年11月3日）。
一五	大正四	三五	1月18日、日本、袁世凱に対し、「対華二十一カ条の要求」提出。 4月、漢朝画像拓本、六朝時代の造像拓本を収集し始める。 6月、『会稽郡故書雑集』印刷、紹興。 9月15日、『青年雑誌』創刊、上海。	
一六	大正五	三六	3月22日、袁世凱、帝制取り消しを宣言。 5月、館内の補樹書屋に移る。	
一七	大正六	三七	1月1日、胡適、「文学改良芻議」発表、『新青年』。 4月1日、周作人、北京へ、北京大学に就職。 7月1日、張勲ら、溥儀を擁立し復辟を図る、北京。 7月3日、教育部を辞職、張勲の復辟に憤慨する、（7月16日教育部に復帰）。 8月9日、午後、銭玄同来たる、この日からの日記、しばしば歓談の記載多し。	3月、ロシア2月革命起こる。 11月、石井・ランシング協定締結。 ロシア10月革命起こる。
一八	大正七	三八	4月2日、「狂人日記」執筆、「魯迅」の筆名を用いる、5月『新青年』第4巻第5号に発表。	1月、米大統領ウィルソン、14か条演説。

一九一九	大正八	三九	5月、『新青年』第4巻第4号から「随感録」掲載。 9月、雑感文を発表し始める。 5月4日、五・四運動起きる、各地に波及。 11月21日、西直門内公用庫八道湾11号に転居する。 12月1日（～29日）紹興に家族を迎えに帰省。	8月、（日本）シベリア出兵。 1月、パリ講和会議開催。
二〇	大正九	四〇	3月20日、「域外小説集」重版序文執筆、1921年上海群益書局刊行。 8月6日、北京大学から講師として招聘される、「中国小説史略」講義。	1月、国際連盟成立。
二一	大正一〇	四一	1月、「故郷」執筆。 7月、創造社成立、（郭沫若、郁達夫、成仿吾ら）、日本。 12月4日、「阿Q正伝」連載始まる、（～1922年2月2日）『晨報副刊』。	11月、ワシントン会議開催。
二二	大正一一	四二	2月、再度『嵆康集』校勘。 12月3日、「『吶喊』自序」執筆。	
二三	大正一二	四三	7月19日、魯迅・周作人兄弟の仲が決裂する事件が発生、（8月2日磚塔胡同61号へ転居）。 8月、『吶喊』刊行、北京新潮社。 10月13日、北京女子高等師範学校（翌年、北京女子師範大学）で講座「中国小説史」を担当。 12月11日、『中国小説史略』上巻刊行、北京新潮社。	9月、（日本）関東大震災発生。

一九二四	大正一三	四四	1月20日（〜30日）中国国民党一全大会開催、第一次国共合作成立、広州。 5月21日、北京女子師範大学生の要請で会議に出席。 5月25日、磚塔胡同61号から阜成門西三条21号に転居。 6月1日（〜8日）再度『嵇康集』校勘、基本的に終了する。 6月16日、黄埔軍官学校開校、校長・蒋介石。 6月20日、『中国小説史略』下巻刊行、北京新潮社、合訂版（１９２５年9月刊行、北京北新書局）。 7月7日、西北大学夏期講座に招聘される（8月12日帰京）。講演11回、「中国小説の歴史的変遷」。 12月、『現代評論』週刊創刊、北京（１９２７年7月上海へ）。	
二五	大正一四	四五	3月11日、許広平との通信が始まる。 5月12日、女子師範大学学生自治会主催の教員・学生合同会議に出席、校長反対紛争で学生側を支持する。 5月27日、「北京女子師範大学紛争に関する宣言」を『京報』に発表。 5月30日、五・三〇事件発生、上海。 夏、未名社成立、海外の文学作品を紹介。 8月14日、教育総長章士釗により教育部僉事職を罷免される。	3月、（日本）治安維持法成立。 （日本）普通選挙法成立。

一九二六	大正一五・昭和元	四六	8月22日、平政院に章士釗を訴える。 9月21日、女子師範大学、解散させられたため、自主的に維持、開学式を挙行。 1月1日、国民党二全大会、「連ソ、容共、労農扶助」の堅持、広州。 1月17日、教育部僉事に復職、裁判に勝利する。 2月1日、北京女子師範大学復校記念会に出席。 2月27日、「花なき薔薇」執筆。 本月、『創造月刊』創刊、郁達夫主編、上海。 3月18日、三・一八事件発生、段祺瑞によるデモ隊弾圧、北京。 3月20日、中山艦事件発生、広州。 3月25日、三・一八犠牲者劉和珍、楊徳群追悼会に出席。 3月26日（～5月2日）逮捕令名簿に名前が出る、避難生活始まる。 7月1日、国民政府、北伐宣言。 7月28日、厦門大学から招聘される、国文系教授、国学院研究教授。 8月12日、『小説旧聞鈔』刊行、北京北新書局。 8月26日、北京から厦門へ、許広平が広州まで同伴、（8月29日上海）。	3月、（日本）労働農民党が結成される。

（一九二六）


本月、『彷徨』刊行、北京北新書局。

9月4日、厦門着、（9月20日開学）、「中国文学史」、「中国小説史」担当。

本月から12月まで講義資料『中国文学史略』（『漢文学史綱要』）編集。

10月12日、散文「藤野先生」執筆。

10月14日、『華蓋集続編』の序を執筆、（1927年5月刊行、北京北新書局）。

10月30日、『墳』編集を終える、（1927年3月刊行未名社）。

11月4日、「『嵇康集』考」執筆。

11月11日、中山大学から招聘される。

12月31日、厦門大学の職務を辞す。

一九二七　昭和二　四七

1月16日、厦門を離れる、（18日広州着）。

2月10日、中山大学文学系教授兼教務主任となる。

2月18日、香港で講演、「声なき中国」「古い曲はもう歌い終わった」、許広平通訳。

4月3日、歴史小説「眉間尺」（後に「鋳剣」と改題）執筆。

4月8日、黄埔軍官学校で講演「革命時代の文学」。

4月12日、蔣介石、反共クーデター、上海、4月15日広州へ波及する。

一九二八	昭和三	四八	4月18日、中山大学主任緊急会議開催。 4月21日、中山大学辞任の意向を伝える、（6月6日受理される）。 5月1日、『朝花夕拾』編集を終える、（1928年9月未名社刊行）。 7月23日（26日）広州市教育局主催学術講演会で「魏晋の風気および文章と、薬および酒の関係」を講演。 7月、散文詩集『野草』刊行、北京北新書局。 8月22日（～24日）『唐宋伝奇集』編集、（12月上冊、1928年2月下冊刊行、上海北新書局）。 9月27日、広州から上海へ、（許広平とともに）。 10月3日、上海着。 10月5日、この日から内山書店に行く。 10月8日、許広平と同居する、景雲里23号。 本月、『語絲』停刊、張作霖による禁止、（12月17日上海で復刊）。 11月9日、鄭伯奇、蔣光慈、段可情ら魯迅を訪問。 12月10日、ソ連に国交断絶を宣言。 12月18日、蔡元培の推薦により国民政府大学院特約著作員となる、月給300元（～1931年12月）。 1月、『未名』半月刊刊行、北京。 創造社『文化批判』、太陽社『太陽月刊』刊行、	5月、（日本）山東出兵 6月、（日本）立憲民政党が結成される。

年	年号	年齢	事項	社会事項
(一九二八)			上海。 2月23日、「酔眼中の朦朧」執筆。 3月、『新月』月刊刊行、上海。 4月8日、国民革命軍、北伐を再開。 4月20日、「わたしの態度、度量、そして年齢」執筆。 6月4日、張作霖爆殺事件が起きる。 6月15日、国民革命軍、北伐完了を宣布、北京。 6月20日、『奔流』月刊創刊、郁達夫と共編、上海北新書局。 9月9日、景雲里23号から18号へ移る。 本月、散文集『朝花夕拾』出版、未名社。 10月、翻訳「芸術と階級」(昇曙夢訳、ルナチャルスキー原著)発表。 『而已集』刊行、上海北新書局。 12月6日、『朝花』月刊創刊、柔石・崔真吾・王方仁ら、(～1929年5月)。 12月29日、南京国民政府、全国統一完成。	8月、日本、パリ不戦条約に調印する。
一九二九	昭和四	四九	2月14日、「現代新興文学の諸問題」(片山伯原著)翻訳、(4月大江書鋪刊行)。 2月21日、景雲里17号転居。 3月、太陽社『新流月報』創刊、上海、蔣光慈主編、(1930年1月『拓荒者』と改称)。	

一九三〇 昭和五 五〇

4月22日、『芸術論』（ルナチャルスキー原著）翻訳、（6月上海大江書鋪刊行）。

5月13日、母親を見舞うため北平へ、（6月5日上海へ戻る）。

6月、『科学的芸術論叢書』刊行始まる、マルクス主義文芸理論を紹介。

7月28日、「葉永蓁『小さな十年』小引」執筆。

8月28日、林語堂、郁達夫らと会食の席上で、林語堂と激しく反目する。

9月27日、長男海嬰生まれる。

1月1日、「壊滅」（ファジェーエフ著）翻訳発表、『萌芽月刊』創刊号。

1月24日、「『硬訳』と『文学の階級性』」執筆。

2月15日、中国自由運動大同盟成立、成立大会に出席する。

3月2日、中国左翼作家連盟成立大会に出席、執行委員となる、講演「左翼作家連盟に対する意見」をおこなう。

3月19日（～4月19日）逮捕令出され、避難する。

4月11日、『巴爾底山』旬刊創刊、左翼作家連盟機関誌、（5月21日停刊）。

『現代文芸叢書』刊行を契約、上海神州国光社、4冊

10月、ウォール街株価大暴落、世界恐慌始まる。

4月、英米日、ロンドン海軍軍縮条約締結。

（一九三〇）


のみ刊行。

5月7日、爵禄飯店に行き、李立三と会見する。

5月12日、景雲里17号から北四川路194号ラモス・アパートA三階四号に転居する。

6月10日、劇本『解放されたドン・キホーテ』（ルナチャルスキー原著）翻訳終わる。

6月11日、中共中央政治局会議、李立三の指導で「新たな革命の高潮と一省または数省における首先的勝利」の決議案を採択。

6月16日、柔石訳『ファウストと都市』（ルナチャルスキー原著）校閲終わる。

本月、『文芸政策』翻訳刊行、上海水沫書店。

7月、『芸術論』（プレハーノフ原著）刊行、上海光華書局。

8月6日、夏期文芸講習会で講演「美術上の写実主義」。

9月17日、左翼作家連盟が魯迅50歳祝賀の会を発起する。

9月24日、中共六期三中全会開催、上海、李立三路線批判。

11月25日、『中国小説史略』改訂を終える、（1931年7月上海北新書局刊行）。

一九三一	昭和六	五一	12月、国民党、「出版法」44条発布。 蔣介石、第1次「囲剿」開始。 1月15日、瑞金に中共ソビエト区中央局成立。 1月17日、柔石、殷夫、胡也頻、馮鏗、李偉森ら逮捕され2月7日に銃殺される、（そのため20日に避難し、2月28日に自宅に戻る）。 7月20日、社会科学研究会夏期講習会で講演、「上海文芸の一瞥」。 8月17日、内山嘉吉に青年美術家に木版画の技法の講義を依頼する。 9月18日、満州事変勃発。 9月20日、『北斗』月刊創刊、左翼作家連盟機関誌、（～1932年7月）。 10月10日、曹靖華訳『鉄の流れ』（セラフィモーヴィチ原著）後記執筆、（12日三閑書屋刊行）。 本月、国民党、「出版法施行細則」発布。 11月1日（～5日）第一回全国ソビエト代表大会開催、瑞金。 11月7日、中華ソビエト共和国臨時政府成立、主席・毛沢東。 11月13日、再度『嵆康集』校勘。
三二	昭和七	五二	1月28日、上海事変勃発する。

（一九三二）


1月30日（～3月19日）内山書店に避難する、上海事変の戦闘拡大。

2月4日、茅盾、郁達夫、葉聖陶、胡愈之らと「上海文芸界の全世界無産階級と革命的文化団体および作家に告げる書」に署名し発表、『文芸新聞』。

3月1日、満州国成立、執政・溥儀、長春。

4月16日、『ソ連聞見録』校閲を始める、林克多著、（22日校閲終了）。

4月24日、『三閑集』編集終了、（9月上海北新書局刊行）。

4月26日、『二心集』編集終了、（10月上海合衆書店刊行）。

5月5日、上海停戦協定成立。

6月10日、『文学月報』創刊、左連機関誌、（12月発禁）。

7月10日、柳亜子、茅盾、陳望道、郁達夫ら32人とともに国民党当局にニューラン夫妻の釈放を求める。

本月、陳賡と会見し、労農紅軍と革命根拠地についての説明を聞く。

9月13日、『堅琴』上冊編集を終える、（1933年1月上海良友図書印刷公司刊行）。

9月19日、『一日の仕事』編集を終える、（1933年

2月、ジュネーブ軍縮会議開催。

5月、（日本）5・15事件起こる。

一九三三	昭和八	五三	1月6日、中国民権保障同盟幹事会に行く、中央研究院、(17日成立大会　上海分会執行委員となる)。

3月　上海良友図書印刷公司刊行)。

10月26日、野風画会に行き、講演「美術の大衆化と旧形式利用の問題」。

本月、『二心集』刊行、上海合衆書店。

11月11日(～30日)母親を見舞う、北平へ。

11月22日、北京大学第二院にて講演「幇忙文学と幇閑文学」、その後輔仁大学にて講演「今春の感想二つ」、24日、女子文理学院にて講演「革命文学と遵命文学」、27日、北京師範大学にて講演「再び第三種人を論ず」、28日、中国大学にて講演「文芸と武力」。

12月10日、「悪罵と恫喝は戦闘ではない―『文学月報』編集部への手紙」執筆。

12月12日、国民政府、ソ連と国交回復。

12月14日、「自選集自序」執筆、(1933年3月上海天馬書店刊行)。

12月16日、「両地書序言」執筆、(1933年4月上海青光書局名義刊行)。

本月、「中国著作家の中ソ復交のためにソ連に宛てた電報」発表、柳亜子、茅盾、周起応(周揚)、沈端先(夏衍)、胡愈之ら55名署名。

（一九三三）


2月7日（〜8日）「忘れんがための記念」執筆、柔石、殷夫、胡也頻、馮鏗、李偉森らを追悼する。

2月21日、米国人ジャーナリスト・スノーに会う。

本月、小林多喜二の虐殺死を知り哀悼の意を表す。

4月11日、大陸新邨九号に転居、（死去までの三年六カ月）。

5月13日、「ドイツ・ファシストの人権蹂躙文化破壊に対する抗議文」をドイツ大使館に渡す、宋慶齢、楊杏仏ら連名。

6月18日、楊杏仏、国民党特務によって暗殺。

6月20日、暗殺された楊杏仏の葬儀に参加する。

本月、瞿秋白編『魯迅雑感選集』刊行、青光書局名義。

8月23日、「論語一年」執筆。

8月27日、「小品文の危機」執筆。

8月30日、国際反帝反戦代表大会遠東会議開催、主席団名誉主席となる、（11月26日『紅色中華』が報道する）。

10月14日、版画展覧会開催、四川北路。

10月28日、易嘉（瞿秋白）訳「『解放されたドン・キホーテ』後記」執筆。

本月、『偽自由書』刊行、青光書局名義。

11月13日、増田渉宛書簡、郵便局で魯迅の作品が没収

2月、日本軍、熱河作戦開始。

3月、日本、国際連盟脱退通告。

西暦	元号	年齢	事項
			されることを語る。 11月29日、上海芸華影片(映画)公司、神州国光社、良友図書公司、閉鎖される。 12月25日、葛琴著「『総退却』序」執筆。 12月28日、「楊邨人先生の公開状に答える公開状」執筆。 12月31日、「『南腔北調集』題記」執筆。 本月、『北平箋譜』刊行、鄭振鐸と共同編集。
一九三四	昭和九	五四	1月15日、中共六期五中全会、瑞金、王明を総書記に任命。 1月20日、ソ連版画集「『引玉集』後記」執筆、(3月三閑書屋名義で刊行)。 2月、国民党中央党部、文芸書籍149点発禁、上海。 3月、溥儀「満州国」皇帝に就く。 4月26日、「小品文の生機」執筆。 5月2日、「旧形式の採用について」執筆。 本月、『唐宋伝奇集』合訂本刊行、上海連華書店。 6月1日、東北民衆、「東北人民抗日救国総会」成立。 6月9日、国民政府、「図書雑誌審査弁法」公布。 7月29日、曹聚仁宛書簡、大衆語の問題を語る。 8月23日(〜9月18日)内山書店店員が逮捕される、一時避難。

（一九三四）


10月16日、中共第一方面軍主力部隊、長征開始。

11月10日、国民党四期五中全会、蔣介石「安内攘外」政策を発表。

12月10日、蕭軍、蕭紅宛書簡、左翼作家連盟内部の問題を語る。

12月11日、「病後雑談」執筆。

一九三五　昭和一〇　五五

1月15日、中共中央、遵義会議開催、貴州省、毛沢東が指導権獲得。

1月16日、「葉紫作『豊収』序」執筆。

1月23日、『小説旧聞鈔』重訂終わる、（7月再版　上海連華書局刊行）。

3月2日、「中国新文学大系小説二集序」執筆終わる、（7月上海良友図書印刷公司刊行）。

3月28日、「田軍『八月の村』序」執筆。

3月31日、「徐懋庸『打雑集』序」執筆。

5月14日、曹靖華宛書簡、瞿秋白が逮捕されたことの情報を語る。

5月25日、中央紅軍、大渡河。

本月、『集外集』（楊霽雲編）刊行、上海群衆図書公司刊行。

6月9日、「『中国小説史略』日本訳本序」執筆。

6月18日、瞿秋白、殺害される、福建。

6月28日、胡風宛書簡、『鉄の流れ』について語る。
8月1日、中共中央、八・一宣言「抗日救国のために全同胞に告げる書」発表。
9月12日、胡風宛書簡、左翼作家連盟内部の矛盾について語る。
10月19日、中共第一方面軍長征を終わり、陝西省北部に到着。
10月22日、『海上述林』の編集を始める、瞿秋白を記念する。
11月6日、ソ連駐上海領事館へ行く、映画「夏伯陽」観賞。
11月14日、「蕭紅『生と死の場』序」執筆。
11月15日、台静農宛書簡、漢石画像収集について語る。
本月、蕭三よりモスクワからの書簡届く、左翼作家連盟解散に関する内容。
12月2日、「小品文雑談」執筆。
12月9日、12・9運動、抗日、愛国学生デモ、北平。

8月、米国、中立法制定。

一九三六　昭和一一　五六

1月19日、『海燕』刊行、群衆雑誌公司。
1月28日、『故事新編』刊行、上海文化生活出版社。
2月10日、曹靖華宛書簡、『三十年集』編集の希望を語る。
2月20日、国民政府、「治安維持緊急弁法」発布。

2月、(日本)2・26事件起こる。

（一九三六）


この頃、中国共産党中央委員会に書簡を出す。赤軍の長征を讃える。また人類と中国の将来がかかっていると語ったという。

3月2日、病状が悪化する。

本月、『海上述林』上巻序言」執筆、上巻5月、下巻10月刊行。

『夜鶯』創刊、方之中編。

4月7日、「深夜に記す」執筆。

4月16日、「三月の租界」執筆。

4月24日頃、馮雪峰、上海に到着、党中央から派遣。

4月30日、「『関所を離れて』の「関所」」執筆。

5月4日、王冶秋宛書簡、作家協会に加わらないことに言及。

5月5日、毛沢東、朱徳、「停戦和議一致抗日」通電、反蔣抗日政策を変更。

5月23日、曹靖華宛書簡、上海の所謂文学家について五、六万字で書き残したいと語る。

5月31日、スメドレー、米国の医師に魯迅を診察させる。

6月5日、日記中断する。

6月9日、「トロツキー派への回答」執筆。

6月10日、「現在の我々の文学運動について」執筆。

6月15日、茅盾、曹靖華ら63人連名、「中国文芸工作者宣言」発表。

本月、中国文芸家協会成立、上海、国防文学論争始まる。

7月6日、母親宛書簡、病状を語る。

8月1日、体重38・7キロになる。

8月3日、「徐懋庸に答え、あわせて抗日統一戦線の問題について」執筆、(～5日夜まで)。

8月23日、「これも生活だ」執筆、夏衍作劇本「賽金花」を批評する。

8月25日、中共、反蔣スローガン廃止。

9月1日、中共中央書記処、「逼蔣抗日問題についての中央の指示」発表。

9月5日、「死」執筆。

10月1日、郭沫若、茅盾、魯迅ら21人連名、「文芸界同人の、団結禦侮および言論の自由のための宣言」発表。

10月8日、第二回全国木刻画巡回展覧会を参観する、青年版画家と談笑。

10月17日、「太炎先生から想い出した二、三の事」執

7月、スペイン内乱起こる。

（一九三六）			筆（最後の文章）。 10月19日、午前5時25分死去、大陸新邨9号自宅にて。 12月12日、西安事件勃発。

参考文献

第一章

馬蹄疾『魯迅　我可以愛』四川文芸出版社　一九九五

第二章

増田渉『魯迅の印象』角川書店　一九七〇

小山三郎・鮑耀明監修『魯迅　海外の中国人研究者が語った人間像』明石書店　二〇一一

第三章

増田渉訳『魯迅選集』第七巻　岩波書店　一九六四

竹内好訳『魯迅文集』第四巻　筑摩書房　一九七七

林田愼之助『魯迅のなかの古典』創文社　一九八一

第四章

余華著・飯塚容訳『ほんとうの中国の話をしよう』河出書房新社　二〇一二

竹内好『魯迅』講談社文芸文庫　講談社　一九九四

丸山昇『魯迅　ワイド版東洋文庫』平凡社　二〇〇八

丸山昇『魯迅と革命文学』精選復刻紀伊国屋新書　紀伊国屋書店　一九九四

丸山昇『魯迅・文学・歴史』汲古書院　二〇〇四

魯迅年譜

学習研究社版『魯迅全集』（第二十巻魯迅著訳書年表・収録作品索引・注釈総索引）

山田辰雄『近代中国人名辞典』霞山会　一九九五
歴史学研究会『机上版　世界史年表』岩波書店　一九九五
小山三郎『中国近代文学史年表』同学社　一九九七
各種『魯迅年譜』

＊魯迅の作品の訳文は、学習研究社版『魯迅全集』（全二十巻、一九八四〜一九八六）に依拠した。

＊人名、地名のルビについて。日本語読みで定着している場合、日本語読み（ひらがな）表記とし、その他は原音読み（カタカナ）で表記した。

＊写真提供者、各機関にお礼を申し上げます。（敬称略）
杏林大学井の頭キャンパス図書館・国立台湾師範大学
松倉梨恵・松倉佳穂・榊原敬治・鮑耀明・徐尹白
協力…国立台北大学歴史学系蔡龍保教授

索 引

魯《ろ》　迅《じん》■人と思想195　　定価はカバーに表示

2018年３月20日　第１刷発行©

・監修者 ……………………………… 林《はやし》田《だ》慎《しん》之《の》助《すけ》
・著　者 ……………………………… 小山《こやま》　三郎《さぶろう》
・発行者 ……………………………… 野村久一郎
・印刷所 ……………………… 法規書籍印刷株式会社
・発行所 ……………………… 株式会社　清水書院

〒102-0072　東京都千代田区飯田橋3-11-6
Tel・03(5213)7151～7
振替口座・00130-3-5283
http://www.shimizushoin.co.jp

検印省略
落丁本・乱丁本は
おとりかえします。

CenturyBooks

Printed in Japan
ISBN978-4-389-42195-3

CenturyBooks

清水書院の〝センチュリーブックス〟発刊のことば

近年の科学技術の発達は、まことに目覚ましいものがあります。月世界への旅行も、近い将来のこととして、夢ではなくなりました。しかし、一方、人間性は疎外され、文化も、商品化されようとしていることも、否定できません。

いま、人間性の回復をはかり、先人の遺した偉大な文化を継承して、高貴な精神の城を守り、明日への創造に資することは、今世紀に生きる私たちの、重大な責務であると信じます。

私たちがここに、「センチュリーブックス」を刊行いたしますのは、人間形成期にある学生・生徒の諸君、職場にある若い世代に精神の糧を提供し、この責任の一端を果たしたいためであります。

ここに読者諸氏の豊かな人間性を讃えつつご愛読を願います。

一九六七年

SHIMIZU SHOIN